Michael Morpurgo

Le royaume de Kensuké

Illustrations de François Place

Traduit de l'anglais
par Diane Ménard

健介の王国

GALLIMARD JEUNESSE

Pour Graham et Isabella

Mes remerciements
à Isabella Hutchins,
Terence Buckler,
au professeur
Seigo Tonimoto
et à sa famille,
pour leur aide
et leur gentillesse

Titre original : *Kensuke's Kingdom*
Édition originale publiée par Heinemann,
Egmont Children's Books Limited, Londres, 1999
© Michael Morpurgo, 1999, pour le texte
© Éditions Gallimard Jeunesse, 2000, pour la traduction française et les illustrations
© Éditions Gallimard Jeunesse, 2007, pour la présente édition

Mise en pages : David Alazraki

Loi n° 49-956 du 16 juillet 1949
sur les publications destinées à la jeunesse
ISBN : 978-2-07-054497-4
Numéro d'édition : 298833
Premier dépôt légal dans la même collection : février 2007
Dépôt légal : décembre 2015

Imprimé en France sur les presses de l'imprimerie Pollina s.a., 85400 Luçon - L74545

1

Peggy Sue

J'ai disparu la veille de l'anniversaire de mes douze ans. Le 28 juillet 1988. Aujourd'hui seulement, je peux enfin raconter toute cette histoire extraordinaire, la véritable histoire de ma disparition. Kensuké m'avait fait promettre de ne rien dire, rien du tout, jusqu'à ce que dix ans au moins se soient écoulés. C'était presque la dernière chose qu'il m'a dite. J'ai promis et j'ai dû vivre dans le mensonge. J'aurais pu laisser dormir les mensonges assoupis, mais plus de dix ans ont passé, maintenant. Je suis allé au lycée, à l'université et j'ai eu le temps de réfléchir. Je dois à ma famille et à mes amis, à tous ceux que j'ai trompés si longtemps, la vérité sur ma longue disparition, sur la façon dont j'ai survécu après avoir échappé de justesse à la mort.

Mais j'ai aussi une autre raison de parler, une raison bien meilleure. Kensuké était un grand homme, un homme bon, et il était mon ami. Je veux que le monde le connaisse comme je l'ai connu.

Jusqu'à onze ans environ, jusqu'à ce que la lettre arrive, je menais une vie ordinaire. Nous étions quatre à la maison : ma mère, mon père, Stella et moi. Stella Artois, c'est ma chienne, avec une oreille dressée et l'autre tombante, un berger noir et blanc qui avait toujours l'air de savoir à l'avance ce qui allait arriver. Mais même elle n'aurait pu prévoir qu'une lettre allait changer nos vies pour toujours.

En y repensant, il y avait une régularité, une certaine monotonie dans ma petite enfance. Je descendais la rue tous les matins pour me rendre à mon « école de singes ». C'est mon père qui l'appelait ainsi car il disait que les enfants piaillaient, criaient et se pendaient par les pieds dans la cage à écureuil de la cour de récréation. De toute façon, pour lui, j'étais toujours une « bille de singe », quand il était d'humeur plaisante, ce qui arrivait souvent. En réalité, l'école s'appelait St Joseph, et je m'y sentais plutôt bien. Après l'école, tous les jours, quel que soit le temps, j'allais jusqu'au terrain de jeux jouer au football avec Eddie Dodds, mon meilleur ami sur la Terre, ainsi qu'avec Matt, Bobbie et les autres. C'était un endroit assez boueux. Dès qu'on donnait un coup de pied dans le ballon, il retombait et s'enfonçait dans la boue. Nous avions notre propre équipe, les Mudlarks, c'était son nom, et nous étions plutôt bons. Les équipes en déplacement chez nous semblaient curieusement attendre que le ballon rebondisse, et le temps de réaliser qu'il n'en était rien, nous avions souvent marqué deux ou trois buts. Nous n'étions pas aussi performants quand nous jouions à l'extérieur.

Tous les week-ends, je faisais la distribution des journaux de la boutique de M. Patel, au coin de la rue. J'économisais de l'argent pour m'acheter un VTT. Je voulais aller faire du VTT dans la lande, avec Eddie. L'ennui, c'était que je dépensais au fur et à mesure tout ce que j'économisais. Et je n'ai pas changé.

Le dimanche était vraiment un jour spécial, je m'en souviens. Nous allions faire de la voile sur le lac artificiel, tous les quatre. Stella Artois aboyait de toutes ses forces contre les autres bateaux, comme s'ils n'avaient pas le droit d'être là. Mon père adorait la voile. Il disait que l'air était clair et propre, sans poussière de brique – il travaillait à la briqueterie. C'était un fou de bricolage. Il pouvait tout réparer, même ce qui n'avait aucun besoin de l'être. Aussi était-il dans son élément dans un bateau. Ma mère, qui travaillait à mi-temps dans la même fabrique de briques, était ravie, elle aussi. Je me souviens d'elle une fois, assise à la barre, rejetant la tête en arrière, dans le vent, et respirant à fond. « C'est comme ça, s'était-elle écriée, c'est comme ça que la vie doit être ! Magnifique, tout simplement magnifique ! » C'était toujours elle qui portait la casquette bleue. Elle était indiscutablement le capitaine. Dès qu'il y avait un peu de vent, elle le trouvait et savait le prendre. Elle avait vraiment du flair.

Nous avons passé de belles journées sur l'eau. Nous sortions par mauvais temps, quand personne d'autre n'osait, et nous planions sur les vagues, enivrés par la vitesse, transportés de joie. Quand il n'y avait pas un souffle de vent, nous n'étions pas malheureux non plus. Parfois, seul notre bateau se trouvait sur le lac. Nous restions simplement assis

et nous pêchions – c'était d'ailleurs moi le meilleur – tandis que Stella Artois restait couchée en boule derrière nous dans le bateau, montrant son ennui, car il n'y avait personne contre qui aboyer.

Puis la lettre arriva. Stella Artois la déchiqueta à moitié ; l'enveloppe était humide et montrait des marques de crocs, mais ce que l'on réussit à en lire nous suffit. La briqueterie allait fermer. Mes parents étaient tous les deux licenciés.

Il y eut un silence terrible ce matin-là, autour de la table du petit déjeuner. Ensuite, nous ne sommes plus jamais allés faire de voile le dimanche. Je n'ai pas eu besoin de demander pourquoi. Ils essayèrent tous les deux de trouver un autre travail, mais il n'y avait rien.

La misère s'installa insidieusement à la maison.

Parfois, je rentrais et ils ne parlaient pas. Ils se disputaient beaucoup à propos de petites choses insignifiantes, alors qu'ils n'avaient jamais été comme ça auparavant. Mon père cessa de bricoler dans la maison. De toute façon, il n'était pas souvent là. Quand il ne cherchait pas de travail, il allait au pub. Quand il était à la maison, il restait simplement assis sans rien dire, feuilletant inlassablement des revues de navigation à voile.

J'essayais d'être le moins possible à la maison et de jouer souvent au foot, mais un jour Eddie s'en alla parce que son père avait trouvé du travail quelque part dans le sud du pays.

Et jouer au foot sans lui, ce n'était plus la même chose. Les Mudlarks se dispersèrent. Tout s'effondrait.

Un samedi, en rentrant de ma distribution de journaux, je trouvai ma mère en larmes, assise sur une marche, en bas de l'escalier. Elle avait toujours été si forte ! Je ne l'avais jamais vue pleurer.

– Pauvre type ! dit-elle. Ton père est un imbécile et un pauvre type, Michael, voilà ce qu'il est.

– Qu'est-ce qu'il a fait ? lui demandai-je.

– Il est parti, me répondit-elle.

Je crus qu'il était parti pour de bon.

– Il n'a rien voulu entendre, rien ! Il dit qu'il a son idée. Il n'a pas voulu me confier ce que c'était, il m'a simplement annoncé qu'il avait vendu la voiture, que nous partions dans le Sud, et qu'il allait chercher l'endroit où s'installer.

J'étais soulagé et plutôt content, en fait. Dans le Sud, je serais sûrement plus près d'Eddie.

– S'il croit que je vais quitter cette maison, reprit ma mère, il va avoir des surprises !

– Pourquoi ? Il n'y a pas grand-chose ici.

– Mais il y a la maison, pour commencer. Et puis ta grand-mère et l'école !

– Il y a d'autres écoles.

Elle devint furieuse. Je ne l'avais jamais vue comme ça !

– Tu veux savoir quelle est la goutte d'eau qui a fait déborder le vase ? me demanda-t-elle. Eh bien, c'est toi, Michael, avec ta distribution de journaux ce matin. Tu sais ce que ton père a déclaré ? Bon, écoute ça : « Tu vois, m'a-t-il dit, les quelques sous qui entrent dans cette maison, c'est Michael qui les gagne en vendant ses journaux ! Comment veux-tu que je me sente, hein ? Mon fils de onze ans a un job et moi, je n'en ai pas ! »

Elle se calma pendant quelques instants avant de reprendre, les yeux pleins de larmes.

– Je ne bougerai pas, Michael. Je suis née ici. Je ne m'en irai pas. Il pourra dire tout ce qu'il voudra, je ne partirai pas.

J'étais là quand le téléphone sonna environ une semaine plus tard. Je savais que c'était mon père. Ma mère ne dit presque rien, il me fut donc impossible de comprendre ce qui se passait. Mais un peu plus tard, elle me fit asseoir pour me parler.

– Il a l'air différent, Michael, je veux dire, comme avant, il y a longtemps, quand je l'ai rencontré. Il nous a trouvé un endroit. « Faites simplement vos valises et venez », m'a-t-il dit. À Fareham, près de Southampton. « Directement à la mer », a-t-il ajouté. Il y avait vraiment quelque chose de différent dans sa voix, je peux te le dire.

En effet, mon père semblait transformé. Il nous attendait sur le quai de la gare, les yeux de nouveau brillants et rieurs.

Il nous aida à porter les valises.

– Ce n'est pas loin, dit-il, en m'ébouriffant les cheveux. Attends de voir, bille de singe. J'ai tout arrangé. Et n'essayez pas de me faire changer d'avis, ni l'un ni l'autre. J'ai pris ma décision.

– À quel sujet ? lui demandai-je.

– Tu verras, me répondit-il.

Stella Artois bondissait joyeusement devant nous, la queue relevée. Je crois que nous nous sentions tous aussi enjoués qu'elle.

À la fin, nous prîmes le bus car les valises étaient trop lourdes. Nous descendîmes le long de la mer. Il ne semblait plus y avoir de maisons nulle part, on ne voyait qu'un petit port de plaisance.

– Qu'est-ce qu'on fait là ? demanda ma mère.

– Je veux vous présenter quelqu'un. Une bonne amie à moi. Elle s'appelle Peggy Sue. Elle veut vous connaître depuis longtemps. Je lui ai beaucoup parlé de vous.

Ma mère me regarda en fronçant les sourcils d'un air perplexe.

Je n'y voyais pas plus clair qu'elle. Tout ce que je savais, c'est qu'il entretenait volontairement le mystère.

Nous avancions tant bien que mal, nos valises à la main. Les mouettes criaillaient au-dessus de nos têtes, les gréements des voiliers claquaient autour de nous, et Stella jappait, curieuse de tout. Enfin, mon père s'arrêta devant une passerelle qui conduisait à un étincelant bateau bleu foncé. Il posa les valises et nous regarda. Un grand sourire lui éclairait le visage.

– Eh bien, laissez-moi faire les présentations, nous dit-il. Voici *Peggy Sue*. Notre nouvelle maison. Elle vous plaît ?

Tout bien considéré, ma mère prit les choses plutôt bien. Elle ne s'énerva pas. Elle devint simplement très silencieuse et elle le resta tout au long des explications de mon père, en bas, dans le carré du bateau, devant une tasse de thé.

– Je n'ai pas fait ça sur un coup de tête, vous savez. J'y ai réfléchi longtemps, pendant toutes ces années où je travaillais à la fabrique. Bon, peut-être qu'à l'époque j'y rêvais seulement. C'est drôle, quand on y pense : si je n'avais pas perdu mon travail, je n'aurais jamais osé le faire, non, jamais !

Il savait que ce qu'il nous disait ne tenait pas tellement debout.

– Alors, reprit-il, voilà ce que j'ai pensé. Quelle est la chose que nous préférons faire ? De la voile, c'est vrai, non ? Je me suis dit que ce serait merveilleux de pouvoir tout simplement partir et de faire le tour du monde à la voile. Il y a des gens qui l'ont fait. Ils appellent ça la navigation en eau bleue. Je l'ai lu dans une revue.

« Comme je vous l'ai dit, au début ce n'était qu'un rêve. Et puis, plus de travail, plus de possibi-

lité d'en trouver. Alors, que peut faire un homme ?
Il prend son vélo. Et pourquoi pas un bateau ? Nous
avons reçu nos indemnités de licenciement, même
si ce n'était pas grand-chose. Il y a le peu que nous
avons économisé et l'argent de la voiture. Pas une
fortune, mais quand même. Que faire de cet
argent ? J'aurais pu tout mettre à la banque, comme
les autres. Mais dans quel but ? Pour se contenter de
le voir disparaître peu à peu jusqu'à ce qu'il n'y en
ait plus du tout ? Et si l'on s'en servait plutôt pour
faire quelque chose de vraiment exceptionnel,
quelque chose qu'on n'entreprend qu'une seule fois
dans sa vie, comme le tour du monde à la voile ?
Afrique. Amérique du Sud. Australie. Le Pacifique.
Nous pourrions voir des endroits dont nous avons
seulement rêvé jusqu'à présent !

Nous restions assis, complètement abasourdis.

– Oh, je sais ce que vous pensez, reprit-il. Vous
pensez que nous n'avons fait du bateau que sur le
lac artificiel, que c'était du simple canotage. Vous
vous dites que je suis devenu fou, complètement
cinglé. Vous vous dites que c'est dangereux. Que
nous serons réduits en miettes. Mais j'ai pensé à
tout. J'ai même pensé à ta grand-mère, car il ne faut
pas oublier une chose : nous ne partirons pas pour
toujours. Elle sera là quand nous reviendrons, c'est
sûr. Elle est en très bonne santé.

« Nous avons l'argent. J'ai fait mes comptes.
Nous allons faire six mois d'entraînement. Nous

partirons pendant un an, ou peut-être dix-huit mois, tant que l'argent durera. Nous allons bien faire les choses, en toute sécurité. Mam, tu passeras ton diplôme de skipper. Oh, je ne te l'ai pas dit ? Non, je ne te l'ai pas dit ? C'est toi qui seras le skipper. Je serai le second et l'homme à tout faire. Michael, tu seras le mousse et Stella, eh bien Stella sera le chat mousse.

Il débordait d'entrain.

Il n'arrivait pas à reprendre son souffle, tellement il était excité.

– Nous allons nous entraîner. Faire quelques traversées de la Manche jusqu'en France, ou peut-être aller jusqu'en Irlande. Nous apprendrons à connaître ce bateau comme notre poche. C'est un douze mètres. Bowman, meilleure marque, meilleur design. Très sûr. J'ai bien étudié la question. Encore six mois et nous serons partis autour du monde. Ce sera l'aventure de notre vie. Notre seule chance. Nous n'en aurons jamais d'autre. Alors, qu'en pensez-vous ?

– Sssu… per, dis-je dans un souffle.

Et c'était exactement ce que je pensais.

– Et tu as dit que ce serait moi le skipper ? demanda ma mère.

– Ouais ouais, cap'taine, dit mon père en riant et en lui faisant un salut.

– Comment fera-t-on pour l'école de Michael ? reprit-elle.

15

– J'ai pensé à ça aussi. J'ai demandé à l'école de la ville. Tout est arrangé. Nous prendrons les livres dont il aura besoin. Je l'aiderai à travailler. Tu l'aideras. Il s'aidera lui-même. Entre nous, je vais te dire quelque chose, il apprendra davantage en deux ans de navigation que ce qu'il aurait appris dans son école de singes. Je t'assure.

Ma mère but une gorgée de thé, puis elle hocha doucement la tête.

– D'accord, dit-elle – et je vis qu'elle souriait. Pourquoi pas ? Vas-y. Achète-le. Achète le bateau.

– C'est déjà fait, dit mon père.

C'était de la folie, bien sûr. Ils le savaient, même moi je le savais, mais simplement, cela n'avait pas d'importance. En y repensant, c'était sûrement une sorte d'inspiration due au désespoir.

Tout le monde essaya de nous dissuader de notre entreprise. Ma grand-mère vint nous voir et monta à bord. D'après elle, c'était un projet complètement ridicule, imprudent, irresponsable. Elle ne prévoyait que détresse et catastrophes. Icebergs, ouragans, pirates, baleines, pétroliers géants, vagues monstrueuses – elle nous énuméra toutes sortes d'horreurs en pensant m'effrayer et par conséquent effaroucher mes parents. Elle réussit à me terrifier, il faut bien l'avouer, mais je ne l'ai jamais montré. Ce qu'elle ne comprenait pas, c'était que désormais nous étions tous les trois liés les uns aux autres par la même folie. Nous partions, et rien ni personne ne pourrait plus nous arrêter. Nous faisions ce que les gens font dans les contes de fées. Nous partions en quête d'aventure.

Au début, tout se passa à peu près comme mon père l'avait prévu, en dehors du fait que l'entraînement dura beaucoup plus longtemps. Nous apprîmes très vite que les manœuvres d'un voilier de douze mètres n'avaient rien à voir avec celles d'un dériveur. Et ce n'était pas simplement une question de taille. C'est un vieux marin à favoris, Bill Parker, qui s'occupa de notre formation. Il venait du yacht-club et nous l'appelions Bill le Mataf, mais derrière son dos, bien sûr. Il avait franchi deux fois le cap Horn, avait fait deux traversées de l'Atlantique en solitaire et des allers-retours sur la Manche « plus souvent que tu n'as mangé de repas chauds, mon garçon ».

En vérité, aucun de nous ne l'aimait beaucoup. C'était un véritable tyran. Il nous traitait, Stella et moi, avec le même dédain. Pour lui, les animaux et les enfants étaient des êtres nuisibles qui devenaient un vrai fléau à bord du bateau. C'est pourquoi j'essayais de me trouver le moins souvent possible sur son passage, et Stella Artois faisait comme moi.

Pour être juste, il faut dire que Bill le Mataf connaissait son affaire. Quand il en eut fini avec nous, et que ma mère eut passé son diplôme, on sentit qu'on pourrait aller partout sur la *Peggy Sue*. Il nous avait inculqué un sain respect de la mer, mais en même temps assez de confiance en nous pour sentir que nous pouvions surmonter toutes les tempêtes.

Cela dit, parfois, j'étais mort de peur. Mon père et moi partagions les mêmes terreurs en silence. On ne peut pas tricher, je l'ai vite appris, quand une immense vague verte de huit mètres de haut se dresse comme un mur avant de s'abattre sur vous. On descendit dans des creux si profonds que l'on pensa ne jamais pouvoir en remonter. Mais on remonta, pourtant, et plus on affrontait nos peurs, plus on affrontait les vagues, plus nous nous sentions sûrs de nous et du bateau.

Ma mère, cependant, ne montra jamais le moindre frisson de peur. Ce furent elle et la *Peggy Sue* qui nous sortirent de nos pires moments. De temps en temps, elle avait le mal de mer, alors que mon père et moi ne l'avions jamais. Cela rétablissait un peu l'équilibre.

Nous vivions très près les uns des autres, tous les trois, et je découvris rapidement que les parents n'étaient pas simplement des parents. Mon père devint mon ami, mon camarade de bord. On apprit à compter l'un sur l'autre. Quant à ma mère, la vérité est – je l'admets – que jusqu'alors je ne savais pas à quel point elle avait ça dans le sang. Mais je savais depuis toujours qu'elle avait du cran, qu'elle n'abandonnait jamais tant qu'elle n'obtenait pas ce qu'elle voulait. Elle travaillait nuit et jour sur ses livres et ses cartes jusqu'à ce qu'elle maîtrise tout.

Sans trêve. Elle pouvait devenir franchement tyrannique si le bateau n'était pas bien rangé, mais, tout en faisant semblant d'être très vexés, nous ne prîmes jamais les choses vraiment mal, ni mon père ni moi. C'était elle qui allait nous emmener à l'autre bout du monde et nous ramener. Nous lui faisions entièrement confiance. Nous étions fiers d'elle. Elle était formidable. Je dois dire que le second et le mousse n'étaient pas mauvais non plus, aussi bien à la barre qu'aux winchs, et qu'ils étaient particulièrement doués pour faire cuire les boîtes de haricots blancs à la sauce tomate. Nous formions un sacré équipage !

Ainsi, le 10 septembre 1987 – je connais la date car j'ai le journal de bord sous les yeux pendant que j'écris – après avoir rempli tous les coins et recoins du bateau de réserves et de provisions, nous fûmes enfin prêts à mettre les voiles et à partir pour notre grande aventure, notre odyssée.

Grand-mère était venue nous dire au revoir, les larmes aux yeux. À la fin, elle voulait même venir avec nous pour visiter l'Australie – elle avait toujours voulu voir des koalas dans la nature. Il y avait aussi un tas d'amis, y compris Bill le Mataf. Eddie Dodds vint avec son père. Il me lança un ballon de foot au moment de larguer les amarres. « C'est un porte-bonheur ! » me cria-t-il. En le regardant, un peu plus tard, je vis qu'il avait écrit son nom tout autour, comme un champion de coupe du monde.

2

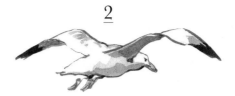

De l'eau,
de l'eau de toutes parts

On dit que l'eau couvre les deux tiers de la surface de la Terre. C'est vraiment l'impression que l'on a quand on est en mer, et la sensation aussi. Eau de mer, eau de pluie, tout est mouillé. La plupart du temps, j'étais trempé jusqu'aux os. J'avais tout l'équipement nécessaire – le skipper y veillait soigneusement – mais l'humidité transperçait tout.

Dans la cabine aussi, tout était mouillé, même les sacs de couchage. Il fallait attendre que le soleil brille et que la mer se calme pour pouvoir faire sécher nos affaires. Nous étendions tout sur le pont, et la *Peggy Sue* était bientôt parée d'une grande corde à linge qui la traversait de la poupe à la proue. Être de nouveau au sec était un grand luxe, mais nous savions que cela ne durerait pas longtemps.

Vous pourriez penser qu'il n'y avait pas grand-chose à faire pour trois personnes à bord, les jours succédant aux jours, puis les semaines aux semaines. Vous auriez complètement tort. Tant qu'il faisait jour, on ne s'ennuyait pas un instant. J'étais toujours

21

occupé à diminuer la voilure, à border une écoute au winch, à larguer les voiles, à prendre mon tour à la barre – ce que j'adorais – ou à aider mon père dans ses interminables travaux de raccommodage et de réparation. Il avait souvent besoin de deux autres mains pour tenir et maintenir une pièce pendant qu'il perçait, tapait, vissait ou sciait. J'étais sans cesse en train d'éponger, de préparer du thé, de laver la vaisselle ou de l'essuyer. Je mentirais si je disais

que j'aimais tout faire. Ce n'était pas le cas. Mais je ne m'ennuyais jamais.

Un seul membre de l'équipage avait le droit de paresser, c'était Stella Artois, et elle ne s'en privait pas. Il n'y avait pas grand monde contre qui aboyer en pleine mer, aussi passait-elle le plus clair de son temps à sommeiller sur mon lit, dans la cabine. Quand il faisait beau et que la mer était calme, cependant, elle aimait beaucoup aller à l'avant du bateau pour guetter quelque chose qui ne soit pas uniquement la mer. On pouvait lui faire confiance ; elle décelait très vite tout ce qui apparaissait sur l'eau : une bande de marsouins qui plongeaient et sortaient des vagues, une famille de dauphins qui nageaient à côté du bateau, si près qu'on aurait pu les toucher. Des baleines, des requins et même des tortues, nous avons tout vu. Ma mère prenait des photos et faisait des films vidéo tandis que mon père et moi nous disputions pour avoir les jumelles. Mais Stella Artois était dans son élément, elle était de nouveau un vrai chien berger, aboyant ses ordres aux créatures de la mer, ramenant son troupeau des profondeurs.

Aussi énervante qu'elle ait pu être – elle transportait partout avec elle son odeur de chien mouillé – nous n'avons pas regretté une seule fois de l'avoir emmenée avec nous. Elle était notre plus grand réconfort. Quand l'océan était agité et nous secouait, ma mère avait l'impression qu'elle allait mourir de mal de mer. Blanche comme un linge, elle s'asseyait alors dans la cabine, prenait Stella sur ses genoux, et elles se blottissaient l'une contre l'autre. Quand j'étais terrifié par une mer déchaînée et le hurlement du vent, je me recroquevillais sur ma couchette avec Stella et enfouissais ma tête dans son cou, la serrant fort contre moi. Dans ces moments-là – je ne pense pas qu'ils aient été très fréquents, mais ils m'ont beaucoup marqué – je gardais toujours le ballon d'Eddie près de moi.

Ce ballon de football était devenu une sorte de talisman pour moi, un fétiche, qui semblait vraiment porter bonheur. Chaque tempête soufflait si fort qu'elle finissait par se chasser elle-même, et nous nous retrouvions toujours là, toujours vivants, toujours à flot.

J'avais espéré que mes parents oublieraient complètement mon travail scolaire. Et, au début, j'eus l'impression qu'en effet ils l'avaient oublié. Cependant, après avoir essuyé quelques tempêtes, et après une courte période d'adaptation, ils me firent asseoir pour m'apprendre la mauvaise nouvelle. Que cela me plaise ou pas, il fallait que je suive mon programme. Ma mère se montra intraitable.

Je m'aperçus très vite que tout recours à mon père était vain. Il se contentait de hausser les épaules en disant : « C'est ta mère qui commande, c'est le skipper. » Et je ne pouvais rien rétorquer. Au moins, à la maison, c'était simplement ma mère et je pouvais discuter avec elle, mais sur la *Peggy Sue*, je n'en avais plus le droit.

C'était une conspiration. À eux deux, ils m'avaient préparé tout un programme de travail. Il fallait que j'avale des livres de maths – mon père m'aiderait si je calais, m'avait-il dit. Pour l'histoire et la géographie, je devais trouver et noter tout ce que je pouvais sur chaque pays que nous visitions tout au long du voyage. Pour les études sur l'environnement et sur l'art, je devais prendre des notes et dessiner tous les oiseaux que nous voyions, tous les êtres et toutes les plantes que nous rencontrions.

Ma mère insista aussi pour m'enseigner la navigation.

— Bill le Mataf m'a appris, me dit-elle, et maintenant c'est à mon tour de t'apprendre. Ce ne sont pas des choses que l'on met dans un curriculum, mais qui sait ? Ça pourrait te servir un jour.

Elle m'apprit à utiliser le sextant, à faire des relèvements au compas, à tracer une route sur la carte. Je devais marquer dans le journal de bord à quelle longitude et à quelle latitude nous nous trouvions, tous les matins et tous les soirs, sans me tromper.

Je pense que je n'avais pas vraiment remarqué les étoiles auparavant. Désormais, quand j'étais de quart dans le cockpit, la nuit, en pilotage automatique, et que les autres dormaient en bas, les étoiles étaient mon unique compagnie. J'avais parfois l'impression que nous étions les derniers survivants de toute la planète. Il n'y avait plus que nous, la mer sombre tout autour, et des millions d'étoiles au-dessus.

C'était souvent quand j'étais de quart, la nuit, que je faisais mes rédactions. En fait, c'était ma version personnelle du journal de bord. Je n'étais pas tenu de montrer ce journal à mes parents, mais j'étais encouragé à écrire dedans toutes les semaines ou à peu près. Ce serait, m'avaient-ils dit, mon souvenir personnel, privé, du voyage.

À l'école, je n'avais jamais été très bon en rédaction. Je ne savais jamais quoi écrire ni par où commencer. Mais sur la *Peggy Sue*, je me rendis compte qu'il suffisait que j'ouvre mon journal pour écrire. J'avais toujours tellement de choses à dire ! Et justement ! Je n'avais pas du tout l'impression d'écrire, mais plutôt de dire les choses. Je parlais dans ma tête, les mots descendaient le long de mon bras, puis de mes doigts et de mon stylo jusqu'au papier. Et c'est ainsi que je le lis, maintenant, bien des années plus tard, comme si je m'entendais parler.

Aujourd'hui, je regarde mon journal de bord. Le papier est un peu froissé et les pages sont jaunies par le temps. Mes pattes de mouche sont un peu effacées, mais toujours à peu près lisibles. Voici quelques extraits de ce journal. Ce sont des passages courts mais parlants. C'est ainsi que j'enregistrais ce qui se passait au cours de notre grand voyage. C'est ce que ressentait un garçon de onze ans tandis que nous voguions sur les vastes océans du monde à bord de la *Peggy Sue*.

3

Le journal de bord

20 septembre

Il est cinq heures du matin. Je suis de quart dans le cockpit. Les autres dorment. Cela fait maintenant dix jours que nous avons quitté Southampton. La Manche était pleine de pétroliers. Ils allaient et venaient par dizaines, aussi ma mère et mon père se sont-ils relayés pour prendre le quart les deux premières nuits. Ils ne m'ont pas laissé mon tour. Je ne sais pas pourquoi. Il n'y avait pas de brouillard, et je vois aussi bien qu'eux.

Nous voulions faire à peu près deux cents milles marins par jour, c'est-à-dire avancer à une vitesse de huit nœuds environ. Mais pendant la première semaine, nous étions déjà contents de faire cinquante milles par jour.

Bill le Mataf nous avait prévenus qu'il fallait faire attention à la baie de Biscaye. Nous nous attendions donc à des difficultés et nous les avons eues. Vent de force 9 et parfois 10. Nous étions projetés d'un bout à l'autre du bateau. J'ai cru que nous allions couler. Je l'ai vraiment cru. À un moment, alors que nous étions en haut d'une vague, j'ai vu la proue de la Peggy Sue pointer tout droit vers la lune. Comme si elle allait s'envoler. Puis nous sommes redescendus violemment dans l'autre sens, si vite que j'ai cru qu'on allait toucher le fond. Ça tournait mal. Horriblement mal, même. Mais la Peggy Sue a tenu bon et nous avons réussi à gagner l'Espagne.

Mam est assez désagréable avec nous, par moments, quand elle pense qu'on ne fait pas les choses comme il faut. Papa n'a pas l'air de s'en préoccuper outre mesure, pas ici, en pleine mer. Il me fait simplement un clin d'œil et nous reprenons nos occupations comme si de rien n'était. Ils jouent beaucoup aux échecs, tous les deux, quand le temps est calme. C'est papa qui gagne, et de très loin, cinq jeux à trois. Mam dit que ça lui est complètement égal, mais je n'en crois pas un mot !

Nous n'avons passé que deux jours à La Coruña. Mam a beaucoup dormi. Elle était vraiment fatiguée. Mon père en a profité pour faire de petits travaux sur le câble du gouvernail. Mais il n'est pas encore satisfait de sa réparation. Nous sommes partis pour les Açores il y a deux jours.

Hier, c'était le meilleur jour que nous ayons eu en mer. Une forte brise, un ciel limpide et un soleil chaud pour sécher nos affaires. Mon short bleu s'est détaché de la corde à linge et s'est envolé dans la mer. Ça ne fait rien. De toute façon, je ne l'ai jamais beaucoup aimé. L'après-midi, nous avons vu des fous de Bassan fendre la mer tout autour de nous. Vraiment super ! Stella Artois en devenait folle.

J'en ai déjà assez des haricots à la sauce tomate, et il y en a encore des tonnes en bas.

11 octobre

Aujourd'hui, j'ai vu l'Afrique ! De très loin encore, mais Mam a affirmé que c'était l'Afrique. Nous descendons le long de la côte ouest. Mam me l'a montré sur la carte. Le vent va nous faire descendre le long de la côte pendant une centaine de milles puis nous traverserons l'Atlantique jusqu'à l'Amérique du Sud. Il ne faut pas dévier de notre route, car nous risquerions de tomber dans les calmes équatoriaux. Il n'y a plus de vent du tout et nous resterions coincés là, immobilisés pendant des semaines et peut-être pour toujours. Il n'a jamais fait aussi chaud. Papa a le visage tout rouge, et le bout des oreilles qui pèle. Je suis plutôt couleur noisette, comme maman.

J'ai vu des poissons volants ce matin tôt et Stella aussi. Ensuite, Mam a aperçu un requin à bâbord devant. Un requin-pèlerin, d'après elle. J'ai sorti les jumelles, mais je ne l'ai pas vu. Elle m'a quand même dit de l'écrire dans mon carnet et d'en dessiner un. J'ai cherché dans l'encyclopédie. Ils sont énormes, mais ils ne mangent pas les hommes. Ils se contentent de plancton et de poissons. J'aime dessiner. Mon meilleur dessin, de loin, est celui du poisson volant.

J'ai envoyé une carte des îles du Cap-Vert à Eddie. C'est dommage qu'il ne soit pas là. On s'amuserait vraiment bien.

Stella adore courir après le ballon à travers toute la cabine et lui sauter dessus. Un jour, elle va le crever, je le sens.

Papa est un peu triste, et Mam est allée se coucher. Elle a mal à la tête. Ils ont dû se disputer. Je ne sais pas exactement à quel propos, mais j'imagine que c'est une histoire d'échecs.

16 novembre

Nous venons de quitter Recife, au Brésil. Nous y sommes restés quatre jours. Nous avions un tas de choses à réparer dans le bateau. L'éolienne ne marche pas bien et le câble du gouvernail continue à se coincer de temps en temps.

J'ai joué au foot au Brésil! Tu entends ça, Eddie? J'ai joué au foot au Brésil, et avec ton super ballon! Nous échangions juste quelques passes sur la plage avec mon père, quand, sans savoir comment, on s'est retrouvés au milieu d'une douzaine de garçons. Papa a organisé un vrai match. Nous avons fait des équipes. J'ai appelé la mienne Mudlarks, et lui a appelé la sienne Brésil. Alors,

*bien sûr, ils ont tous voulu être de son côté. Mais ma
mère est venue dans mon équipe et nous avons gagné :
Mudlarks 5 - Brésil 3. Ensuite Mam les a invités à venir
boire un Coca à bord. Stella s'est mise à grogner contre
eux et à montrer les dents. On a dû l'enfermer en bas,
dans la cabine. Ils ont essayé de parler anglais avec
nous. Ils ne connaissaient que deux mots : « Goal » et
« Manchester United ». Enfin, ça en fait trois !*

*Mam a fait développer les pellicules. Il y a une photo
avec des dauphins qui font des bonds hors de l'eau et
une autre avec moi au winch. Une avec Mam à la
barre, une autre avec papa qui affale la grand-voile et
n'arrive plus à s'en dépêtrer. On me voit en train de
plonger d'un rocher lors d'une escale aux Canaries. Il
y en a une de mon père profondément endormi au soleil
sur le pont, tandis que ma mère pouffe de rire. Elle
s'apprête à lui arroser le ventre de crème solaire (c'est
moi qui ai pris cette photo et c'est celle que je préfère).
Enfin, on me voit en train de faire mes maths : je boude
et je tire la langue.*

25 décembre
*Noël à la mer. Mon père a trouvé des chansons de
Noël à la radio. Nous avions des petits pétards enrou-
lés dans des papillotes, mais ils étaient un peu mouillés
et aucun d'eux n'a claqué. Enfin, nous avions un pudding que grand-mère avait fait pour nous. J'ai offert un
dessin à chacun de mes parents : mon poisson volant à
papa, et un portrait du skipper à la barre, coiffée de sa*

casquette, à Mam. Ils m'ont offert un très joli couteau qu'ils ont acheté à Rio. Alors je leur ai donné une pièce en échange. C'est censé porter bonheur.

Pendant que nous étions à Rio, nous avons nettoyé la Peggy Sue de fond en comble. Elle commençait à avoir l'air un peu miteux, mais à présent elle a repris sa belle allure. Nous avons acheté un tas de provisions et de l'eau pour la longue traversée qui nous attend jusqu'en Afrique du Sud. Maman dit que tout va bien, tant que nous gardons le cap au sud et que nous restons dans le courant ouest-est de l'Atlantique Sud.

Il y a quelques jours, nous sommes passés au sud d'une île nommée Sainte-Hélène. Pas besoin de nous y arrêter. Il n'y a pas grand-chose sur cette île, c'est simplement l'endroit où Napoléon a été exilé et où il est mort. Un endroit isolé pour mourir. Bien sûr, il a fallu que je fasse un dossier d'histoire sur Napoléon. J'ai dû chercher dans l'encyclopédie et écrire un devoir sur lui. En fait, c'était assez intéressant, mais je ne le leur ai pas dit.

Stella boude sur ma couchette. C'est peut-être parce que je ne lui ai pas fait de cadeau de Noël. Je lui ai proposé de goûter un peu au pudding de grand-mère, mais elle l'a à peine reniflé. Je dois dire que je la comprends !

J'ai vu une voile, aujourd'hui, un autre bateau. Nous lui avons fait signe en criant « Joyeux Noël », et Stella a aboyé autant qu'elle le pouvait, mais il était trop loin. Quand la voile a disparu, la mer nous a soudain semblé très vide.

Mam a gagné aux échecs, ce soir. C'est elle qui mène, maintenant, vingt et un jeux à vingt. Papa a dit qu'il l'avait laissée gagner parce que c'était Noël. Ils plaisantent, mais ils veulent vraiment gagner tous les deux.

1er janvier 1988

L'Afrique, de nouveau ! Le Cap, la montagne de la Table. Et, cette fois, nous ne passons pas à côté en bateau, nous allons nous y arrêter. Mes parents me l'ont dit ce soir. Ils ne voulaient pas m'en parler avant, au cas où nous n'aurions pas eu les moyens de le faire, mais maintenant, c'est sûr. Nous allons passer une quinzaine de jours en Afrique et peut-être plus. Nous allons voir des éléphants et des lions en pleine nature. Je n'arrive pas à y croire ! J'ai l'impression qu'eux non plus. Quand ils me l'ont annoncé, on aurait dit deux mômes, tellement ils riaient et étaient contents. Je ne les ai jamais vus comme ça à la maison. Ils s'entendent vraiment bien, en ce moment.

Mam a des crampes d'estomac. Papa veut qu'elle aille voir un médecin au Cap, mais elle refuse. Je suis sûr que c'est à cause des haricots à la sauce tomate. La bonne nouvelle, c'est qu'on a enfin épuisé nos boîtes de haricots. La mauvaise, c'est qu'on a des sardines pour le dîner. Beurk !

7 février

Nous sommes à des centaines de milles des côtes, en plein océan Indien, et voilà ce qui s'est passé. D'habitude,

Stella ne monte sur le pont qu'en cas de calme plat. Je ne sais pas ce qui lui a pris de monter. Je ne sais pas pourquoi elle est venue là. Nous étions tous occupés, j'imagine. Papa faisait du thé dans la cuisine et Mam était à la barre. Je travaillais la navigation en faisant le point avec le sextant. La Peggy Sue tanguait et roulait un peu. J'avais du mal à garder mon équilibre. Je levai les yeux et vis Stella à la proue du bateau. Elle était là, une seconde plus tard, elle n'y était plus.

Nous avions fait des dizaines de fois la manœuvre de « l'homme à la mer » avec Bill le Mataf dans le chenal du Solent. Crier et montrer la personne du doigt. Continuer à crier. Continuer à montrer du doigt. Venir dans le vent. Affaler rapidement les voiles. Mettre le moteur. Le temps que papa ait affalé la grand-voile et le foc, nous nous dirigions déjà vers Stella. Je continuais à la montrer du doigt et à crier. Elle se débattait dans l'eau verte d'une vague menaçante. Papa se penchait par-dessus bord pour essayer de l'attraper, mais il n'avait pas mis son harnais de sécurité et ma mère devenait folle. Elle essayait d'amener lentement le bateau le plus près possible de Stella, mais une vague éloigna la chienne de nous au dernier moment. Il fallut tourner et revenir près d'elle. Je continuais toujours à crier et à la montrer du doigt.

Nous revînmes trois fois, mais en vain. Soit nous allions trop vite, soit elle était hors d'atteinte. Elle faiblissait. Elle ne se débattait presque plus. Elle allait couler. Il ne nous restait plus qu'une chance. Nous revînmes encore ; cette fois, la manœuvre était parfaite et papa était assez près d'elle pour l'attraper en se penchant. À nous trois, nous parvînmes à hisser Stella dans le bateau en la prenant par son collier et par la queue. J'eus droit à un « Bravo, bille de singe » de mon père, tandis que lui-même se faisait passer un sacré savon par ma mère parce qu'il n'avait pas mis son harnais de sécurité. Papa se contenta de la prendre dans ses bras et elle se mit à pleurer. Stella se secoua et descendit dans la cabine, comme si de rien n'était.

Mam a établi une règle stricte. Stella Artois ne doit jamais sortir sur le pont – quel que soit le temps – sans son harnais de sécurité – comme nous. Papa va lui en faire un.

Il m'arrive encore de rêver aux éléphants d'Afrique du Sud. J'ai tant aimé leur lenteur, leur air pensif ! J'aimais leurs yeux sages et larmoyants. Je revois toujours les girafes hautaines me regardant de haut et le lionceau dormant avec la queue de sa mère dans la bouche. J'ai fait beaucoup de dessins et je les regarde parfois pour me souvenir. Le soleil d'Afrique est si grand, si rouge !

Ensuite, l'Australie. Kangourous, opossums et wombats. Mon oncle John est venu à notre rencontre, à Perth. J'avais déjà vu des photos de lui, mais je ne le connaissais pas. Le soir, mon père a dit que c'était seulement un oncle éloigné. « Très éloigné », a dit ma mère et ils ont éclaté de rire. Je n'ai compris la plaisanterie qu'en y repensant un peu plus tard, pendant que j'étais de quart.

Les étoiles sont si brillantes, et Stella est saine et sauve.

Je pense que je suis plus heureux que je ne l'ai jamais été.

3 avril

Perth, Australie. Depuis l'Afrique, nous n'avons vu que l'océan sans rien d'autre. C'est le premier jour où nous apercevons la côte. Se retrouver seuls en mer sur la Peggy Sue, j'aime de plus en plus ça ! C'est pour tous les quatre pareil, je pense. Mais ensuite, dès que nous voyons la terre, nous devenons surexcités. Quand nous avons aperçu l'Australie pour la première fois, nous avons sauté en l'air et nous nous sommes pris dans les bras les uns des autres. Comme si nous étions les premiers marins à l'avoir découverte. Stella Artois aboyait contre nous, persuadée que nous étions devenus complètement cinglés, ce qui était probablement vrai. Mais nous y sommes arrivés ! Nous avons navigué à la voile d'Angleterre jusqu'en Australie. C'est la moitié du tour du monde. Et nous l'avons fait tout seuls.

Mam a de nouveau des crampes d'estomac. Elle doit absolument aller voir un médecin en Australie. Elle nous a promis qu'elle irait, et nous veillerons à ce qu'elle tienne sa promesse.

28 mai

De nouveau en mer, après avoir passé six semaines chez l'oncle John. Nous pensions nous arrêter quelques jours seulement à Perth, mais il nous a incités à visiter l'Australie pendant que nous étions là. Il nous a invités dans sa famille, qui habite une ferme immense. Des milliers de moutons. Il a beaucoup de chevaux aussi, et j'ai appris à monter avec mes deux petites cousines, Beth et Liza. Elles n'ont que sept et huit ans, mais elles montent vraiment bien à cheval. Elles m'ont appelé Mikey et, le jour du départ, elles voulaient toutes les deux m'épouser. Je crois que nous allons nous contenter d'être correspondants.

J'ai vu une vipère cuivrée. Oncle John m'a dit qu'elle aurait pu me tuer si je lui avais marché dessus. Il m'a également recommandé de faire attention à certaines araignées qu'on trouve dans les toilettes, les veuves noires d'Australie. Après ça, j'ai évité de me rendre trop souvent aux toilettes.

Ils nous appelaient leurs « cousins anglais » et nous faisaient des barbecues tous les soirs. Grâce à eux nous avons passé des semaines formidables. Mais j'étais content de retourner sur la Peggy Sue. Elle m'a manqué pendant que j'étais à terre, comme Eddie me manque. Je lui ai envoyé des cartes postales, avec de drôles d'animaux dessus quand j'en trouvais. Je lui en ai envoyé une avec un wombat. J'en ai vu un, ainsi que des centaines d'opossums et de kangourous. En Australie, ils ont autant de cacatoès blancs que nous de moineaux, il y en a des millions !

Mais en mer on voit surtout des mouettes. Partout où nous sommes allés dans le monde, nous avons trouvé des mouettes. Comme programme, nous avons l'intention de faire escale à Sydney, d'explorer la barrière de corail, puis de traverser la mer de Corail et de remonter vers la Papouasie-Nouvelle-Guinée.

Mam a beaucoup moins de crampes d'estomac. Elle avait probablement mangé quelque chose qui n'allait pas. Quoi qu'il en soit, elle va mieux, maintenant.

Il fait vraiment chaud et lourd. La mer est calme. Pas de vent. Nous n'avançons presque pas. Je ne vois pas de nuages, mais je suis sûr qu'un orage va éclater. Je le sens.

28 juillet

Je regarde autour de moi. C'est une nuit sombre, très sombre. Pas de lune. Pas d'étoiles. Mais le calme est enfin revenu. J'aurai douze ans demain, mais je suis sûr que personne, à part moi, n'y pensera.

Nous avons essuyé de terribles tempêtes, bien pires que celle de la baie de Biscaye. Depuis que nous avons quitté Sydney, nous avons eu orage sur orage, chacun d'eux nous poussant plus au nord dans la mer de Corail. Le câble du gouvernail s'est cassé. Papa a fait ce qu'il a pu, mais il n'est pas bien remis. Le pilotage automatique ne fonctionne plus, il faut donc qu'il y ait toujours quelqu'un à la barre. Ce qui veut dire papa ou moi, car Mam est malade. Elle a de nouveau des crampes d'estomac, mais c'est bien pire qu'avant. Elle ne veut plus rien manger. Elle n'avale que de l'eau sucrée. Cela fait trois

jours qu'elle n'a pu regarder les cartes. Papa veut envoyer un signal de détresse par radio, mais ma mère refuse. Elle dit que ce serait abandonner, et elle n'abandonne jamais. Nous avons fait de notre mieux mais, à présent, nous ne savons plus très bien où nous sommes. Mes parents dorment tous les deux en bas. Je suis à la barre dans le cockpit. J'ai pris le ballon d'Eddie avec moi. Il nous a toujours porté bonheur. Et nous en avons vraiment besoin, maintenant ! Il faut que Mam aille mieux ou nous allons avoir de gros ennuis. Je ne sais pas si nous pourrions résister à une autre tempête.

Heureusement, tout est calme. Ça fera du bien à Mam de dormir. On ne peut pas dormir quand on est ballotté toute la journée.

Il fait si noir, dehors. Noir. Stella aboie. Elle est montée à la proue du bateau. Son harnais de sécurité n'est pas attaché.

Ce sont les derniers mots que j'ai écrits dans mon journal de bord. Ensuite, il n'y a plus que des pages blanches.

J'ai d'abord essayé d'appeler Stella, mais elle ne voulait pas venir. Alors, j'ai laissé la barre et je suis allé chercher ma chienne pour la ramener en bas. J'ai pris mon ballon avec moi pour l'attirer et la détourner de la proue du bateau.

Je me suis accroupi. « Viens, Stella », lui ai-je dit en faisant passer mon ballon d'une main à l'autre. « Viens prendre le ballon ! » Je sentis le bateau tourner un peu dans le vent, et je compris que je n'aurais pas dû lâcher la barre. Soudain, le ballon m'échappa des mains. Je courus après lui, mais il passa par-dessus bord avant que je puisse le rattraper. Je restai étendu sur le pont à le regarder flotter dans le noir. J'étais furieux après moi d'avoir été si bête.

J'étais toujours en train de me maudire quand j'eus l'impression d'entendre quelqu'un chanter dans le noir. J'appelai, mais personne ne me répondit. Voilà ce qui avait fait aboyer Stella !

J'essayai de nouveau d'apercevoir mon ballon, mais il avait disparu. Je tenais beaucoup à ce ballon, nous y tenions tous beaucoup. Je compris alors que je venais de perdre plus qu'un ballon de football.

J'étais en colère contre Stella. Tout était sa faute. Elle continuait à aboyer. Je n'entendais plus chanter. Je l'appelai encore une fois, et la sifflai. Je me levai pour aller la chercher. Je la pris par son collier et la tirai. Elle ne voulut pas bouger. Je ne pouvais pas la tirer jusqu'en bas. Je me penchai donc pour la prendre dans mes bras. Elle résistait toujours. J'arrivai enfin à la prendre, mais elle se débattait.

J'entendis le vent au-dessus de moi dans les voiles. Je me souviens que je pensai : c'est idiot, tu n'as pas mis ton harnais de sécurité, ni ton gilet de sauvetage, tu ne devrais pas faire ça. Puis le bateau vira violemment et je fus projeté de côté. J'avais Stella dans les bras et je n'eus pas le temps de me rattraper à la filière. Je tombai dans la mer froide avec Stella, avant même de pouvoir ouvrir la bouche pour crier.

Gibbons et fantômes

Des vagues de terreur m'envahirent les unes après les autres. Les lumières de la *Peggy Sue* avaient disparu dans l'obscurité de la nuit, me laissant seul dans l'océan, seul avec la certitude que mes parents étaient déjà trop loin, qu'ils ne pourraient plus entendre mes appels au secours. Puis je pensai aux requins qui fendaient l'eau noire, en dessous de moi – ils me flairaient déjà, étaient sur mes traces, se dirigeaient vers moi – et je compris qu'il ne me restait aucun espoir. Je serais mangé vivant. Ou bien je coulerais lentement. Rien ne pourrait me sauver.

Je fis du surplace dans l'eau, essayant désespérément de découvrir dans l'obscurité impénétrable une chose vers laquelle nager. Il n'y avait rien.

Puis une brusque lueur blanche dans la mer. L'écume d'une vague, peut-être. Stella ! C'était sûrement elle ! J'étais si soulagé de ne pas être seul ! Je l'appelai et nageai vers elle. Elle continuait à s'éloigner, apparaissant puis disparaissant comme si elle dansait sur l'eau, puis s'évanouissant à nouveau. Elle m'avait semblé toute proche, mais je mis plusieurs minutes avant d'arriver assez près d'elle pour la toucher. C'est alors que je me rendis compte de mon erreur. La tête de Stella était plus noire que blanche. Or, je ne voyais que du blanc. C'était mon ballon de football. Je l'attrapai et m'y cramponnai, étonné par son extraordinaire fermeté. Je faisais du surplace dans l'eau, en continuant à appeler Stella. Il n'y eut pas de réponse. Je l'appelai et appelai encore. Mais à présent, chaque fois que j'ouvrais la bouche, j'avalais de l'eau. Je dus abandonner. Il fallait que j'essaie de sauver ma peau.

Je n'avais pas intérêt à perdre de l'énergie en nageant. Surtout que je ne voyais pas dans quelle direction aller. Il valait mieux me contenter de flotter, de rester agrippé à mon ballon en attendant que la *Peggy Sue* revienne. Tôt ou tard, mes parents s'apercevraient que j'étais passé par-dessus bord. Tôt ou tard ils viendraient me chercher. Il ne fallait pas que je fasse trop de mouvements avec mes jambes, juste assez pour garder mon menton au-dessus de l'eau, pas plus. Trop de mouvements attireraient les requins. Le matin viendrait bientôt. Il fallait tenir jusque-là. Il le fallait. L'eau n'était pas trop froide. J'avais mon ballon de foot, j'avais une chance.

C'est ce que je me répétais sans arrêt. Mais le monde autour de moi restait obstinément plongé dans l'obscurité et je sentais l'eau me glacer lentement les os. J'essayais de chanter pour m'arrêter de trembler, et pour ne pas penser aux requins. Je chantais tous les airs que je connaissais, mais au bout d'un moment, je n'arrivais plus à me souvenir des paroles. Je revenais toujours à la seule chanson que j'étais sûr de me rappeler en entier : *Ten Green Bottles*. Je la chantais fort, et la reprenais sans cesse. Cela me rassurait d'entendre le son de ma propre voix. Je me sentais moins seul dans la mer. J'attendais toujours la lueur grise de l'aube, mais elle ne venait pas, elle ne venait pas.

Puis j'arrêtai de chanter. Je n'arrivais plus à bouger les jambes. Je me cramponnai à mon ballon, mais je sentais le sommeil me gagner. Mes mains glissaient du ballon. Je perdais rapidement mes dernières forces. J'allais couler, couler au fond de la mer et creuser ma tombe au milieu des algues, des ossements de marins et des épaves de navires.

Le plus étrange, c'est que je ne trouvais pas ça dramatique. Rien n'avait plus d'importance. Je flottais dans mon sommeil, dans mes rêves. Et dans mon rêve, je vis un bateau glisser silencieusement vers moi, sur la mer. La *Peggy Sue* ! Chère, chère *Peggy Sue* ! Ils étaient revenus me chercher. Je savais qu'ils me retrouveraient. Des bras vigoureux me saisirent. Je fus hissé hors de l'eau. Je gisais là sur le pont, haletant comme un poisson hors de l'eau.

Quelqu'un se penchait sur moi, me secouait, me parlait. Je ne comprenais pas un mot de ce qu'on me disait. Mais cela n'avait pas d'importance. Je sentis le souffle chaud de Stella sur mon visage, sa langue me léchait une oreille. Elle avait la vie sauve. Tout allait bien.

Je fus réveillé par une sorte de hurlement, comme le hurlement du vent dans les haubans. Je regardai autour de moi. Pas de haubans au-dessus de moi, pas de voiles. Pas de mouvement au-dessous de moi, non plus, pas un souffle de vent. Stella Artois aboyait, mais comme si elle était loin. Je n'étais pas du tout sur un bateau, j'étais allongé sur le sable. Le hurlement devint de plus en plus strident, un crescendo effrayant de cris perçants qui s'évanouirent, ne laissant que leur écho.

Je m'assis. J'étais sur une plage, une vaste étendue de sable blanc, avec des arbres touffus et une végétation luxuriante derrière moi qui descendait jusqu'à la plage. C'est alors que je vis Stella. Elle pataugeait sur le rivage. Je l'appelai et elle vint en bondissant et en remuant follement la queue pour me faire la fête. Quand elle eut fini de me sauter dessus, de me lécher et que je l'eus serrée dans mes bras, je tentai de me lever.

J'étais très faible. Je regardai autour de moi. L'immense mer bleue était aussi vide que le ciel sans nuages. Pas de *Peggy Sue*. Pas de bateau. Rien. Personne. J'appelai cent fois mon père et ma mère. Je les appelai jusqu'à ce que les larmes m'empêchent de continuer, jusqu'à ce que je comprenne que cela n'avait aucun sens. Je restai là un moment, essayant de savoir comment j'étais arrivé sur cette plage, comment j'avais pu survivre. J'avais le souvenir très confus d'avoir été hissé à bord de la

Peggy Sue. Mais je voyais bien que c'était impossible. C'était sûrement un rêve, rien qu'un rêve. J'avais dû me cramponner à mon ballon et flotter jusqu'à ce que les vagues me rejettent sur le rivage. Je pensai alors à mon ballon, mais je ne le vis nulle part.

Stella, bien sûr, ne se posait pas autant de questions. Elle continuait à m'apporter des bouts de bois pour que je les lui lance, et courait après eux dans la mer, sans se faire le moindre souci.

Le hurlement revint dans les arbres, et les poils de Stella se hérissèrent sur son cou. Elle fonça sur la plage en aboyant sans arrêt, jusqu'à ce qu'elle soit sûre d'avoir fait taire le dernier écho. C'était un cri plaintif cette fois, pas menaçant du tout. J'eus l'impression de le reconnaître. J'avais déjà entendu ces cris un jour, en visitant le zoo de Londres. Des gibbons, ces « giga gibbons », comme avait dit mon père. Je ne sais toujours pas pourquoi il avait dit ça. Mais j'avais trouvé ces mots amusants, et c'est sans doute la raison pour laquelle je me rappelai leur cri.

– Ce sont simplement des gibbons, dis-je à Stella. Juste des giga gibbons. Ils ne nous feront pas de mal.

Mais je n'étais pas sûr du tout d'avoir raison.

De là où je me trouvais, je pouvais voir que la forêt devenait moins dense sur le flanc d'une grande colline, à l'intérieur de l'île, et je me dis que si j'atteignais la roche nue qui était au sommet, j'aurais une vision plus large de la mer. Ou peut-être y avait-il une maison, une ferme à l'intérieur de l'île, ou encore une route, ou quelqu'un à qui demander de l'aide. Mais si je quittais la plage et que mes parents arrivaient pendant ce temps-là ? Je décidai quand même de tenter ma chance.

Je me mis à courir, Stella sur mes talons, et me retrouvai bientôt sous l'ombre rafraîchissante des arbres. Je découvris un sentier étroit qui montait sur la colline, dans ce qui me parut être la bonne direction. Je le suivis, donc, ne m'arrêtant de courir que lorsque le sentier devenait trop raide. La vie des animaux palpitait dans toute la forêt. Des oiseaux caquetaient et poussaient des cris perçants au-dessus de moi, et j'entendais toujours le même hurlement se propager dans les arbres, mais il était plus lointain, à présent.

Ce n'étaient pas les bruits de la forêt qui m'inquiétaient, pourtant, mais plutôt les yeux. J'avais l'impression d'être épié par des milliers d'yeux inquisiteurs. Je crois que Stella aussi était inquiète, car elle restait étrangement silencieuse depuis que nous avions pénétré dans la forêt. Elle me regardait constamment pour que je la rassure, que je la réconforte. Je fis de mon mieux, mais elle devait sentir, elle aussi, que je n'étais pas tranquille.

Ce qui, au premier abord, m'avait paru être une petite promenade à l'intérieur de l'île ressemblait plutôt à une grande expédition. Nous sortîmes épuisés de sous les arbres et, après avoir escaladé laborieusement un éboulis rocheux, nous arrivâmes enfin au sommet. Je restai longtemps là, avec Stella.

Le soleil flamboyait. Jusqu'alors, je n'avais pas vraiment senti sa chaleur brûlante. Je scrutai l'horizon. S'il y avait une voile quelque part sur la mer, je ne pourrais pas la voir dans cette brume de chaleur. Puis je réalisai que même si j'arrivais à voir un bateau, je ne pourrais pas faire grand-chose. Je ne pourrais pas allumer de feu. Je n'avais pas d'allumettes. Je savais que les hommes des cavernes frottaient deux bouts de bois l'un contre l'autre, mais je n'avais jamais essayé. Je regardai tout autour de moi. La mer. La mer. La mer. Rien d'autre que la mer de tous les côtés. J'étais sur une île. J'étais seul.

L'île devait faire trois ou quatre kilomètres de long, pas plus. Elle avait un peu la forme d'une cacahuète allongée, mais elle était plus grande d'un côté que de l'autre. Une bande de sable blanc et brillant s'étendait des deux côtés de l'île. Une colline apparaissait à un bout, plus escarpée que la mienne, avec une végétation plus touffue, mais moins haute. À l'exception de ces deux sommets, toute l'île semblait recouverte de forêt. D'après ce que je pouvais voir, il n'y avait aucun signe de présence humaine. Et pourtant, même ce premier jour, tandis que je restais là, plein d'appréhension à l'idée de ce qui m'attendait dans ma terrible situation, je me souviens d'avoir été émerveillé par la splendeur de cette île, un joyau vert cerclé de blanc, dans le bleu satiné et chatoyant de la mer. Bizarrement, réconforté peut-être par la beauté extraordinaire de l'endroit, je n'étais pas du tout abattu. Au contraire, je me sentais euphorique. J'étais vivant. Stella Artois était vivante. Nous avions survécu.

Je m'assis à l'ombre d'un grand rocher.

Les gibbons reprirent leurs plaintes et leurs hurlements en chœur, tandis que plusieurs oiseaux braillards s'envolaient de la voûte d'arbres en dessous de nous et traversaient l'île pour aller se poser sur les arbres de l'autre colline.

– Nous allons nous en sortir, dis-je à Stella. Mes parents vont revenir nous chercher. C'est obligatoire. Mam va aller mieux et ils reviendront. C'est sûr. Sûr et certain. Elle ne nous abandonnera pas ici. Elle nous retrouvera, tu verras. En attendant, tout ce qu'on doit faire, c'est rester vivants. De l'eau, nous avons besoin d'eau. Mais les singes aussi, n'est-ce pas ? Il suffit de la trouver, c'est tout. Il doit y avoir de la nourriture aussi, des fruits ou des noix, quelque chose. Tout ce que ces singes mangent, nous le mangerons, nous aussi.

Je trouvais un certain réconfort à parler à haute voix à Stella. Cela m'aidait à calmer la panique qui commençait à déferler sur moi. Plus que tout, ce fut la présence de Stella qui m'aida dans les premières heures que je passai sur l'île.

Il me sembla raisonnable de ne pas m'enfoncer immédiatement dans la forêt pour chercher de l'eau – j'avais de toute façon trop peur. Je décidai d'explorer d'abord le rivage. Je découvrirais peut-être un cours d'eau ou une rivière qui se jette dans la mer et, avec un peu de chance, je trouverais peut-être quelque chose à manger en même temps.

Je partis plein d'espoir et dévalai l'éboulis comme un chamois. Là où vivaient des singes, raisonnai-je, nous pouvions vivre aussi. C'est ce que je me répétais sans arrêt.

Je découvris bientôt que le sentier qui descendait entre les arbres était dépourvu de la moindre végétation mangeable. Je voyais des fruits ou ce qui me semblait être des fruits. Il y avait aussi des noix de coco, tout en haut des arbres, mais il était impossible de grimper sur ces arbres. Certains mesuraient trente mètres, d'autres soixante ! Je n'avais jamais vu d'arbres aussi gigantesques.

Je profitai au moins de la voûte que formaient leurs branches entrelacées pour m'abriter du soleil et de la chaleur. Je commençais à mourir de soif et Stella aussi. Elle marchait tout le temps à côté de moi, la langue pendante. Elle me regardait souvent d'un air torve, mais je ne pouvais la réconforter.

Nous revînmes sur notre plage et partîmes faire le tour de l'île, en restant le plus possible en bordure de la forêt pour être à l'ombre. Je ne trouvai pas le moindre cours d'eau. Je vis de nouveau plein de fruits, mais toujours trop haut, et les troncs des arbres étaient trop lisses, trop raides pour pouvoir y grimper. Je trouvai des noix de coco par terre. Hélas, elles étaient toujours ouvertes et vides à l'intérieur.

Quand la plage s'arrêta net, il fallut de nouveau entrer dans la forêt. Là aussi, je trouvai un étroit sentier que je suivis. Cependant, la forêt devint bientôt impénétrable, sombre et menaçante. On n'entendait plus les cris des singes, mais quelque chose d'infiniment plus menaçant : des feuilles froissées, des craquements de branches, des bruissements furtifs. Ils étaient là, je le sentais, tout autour de moi. J'en étais sûr, maintenant, des yeux nous épiaient. Nous étions suivis.

Je me dépêchai, refoulant ma peur du mieux que je pouvais. Je repensai aux gibbons que j'avais vus au zoo et essayai de me dire qu'ils avaient eu l'air tout à fait inoffensifs. Ils nous avaient laissés tranquilles et n'avaient jamais été agressifs. Ce n'étaient pas des mangeurs d'hommes, tout de même ! Mais quand les bruissements se rapprochèrent encore, devenant de plus en plus menaçants, j'eus de plus en plus de mal à m'en convaincre. Je me mis à courir jusqu'à ce que le sentier nous conduise vers les rochers, à la lumière bénie du jour, près de la mer.

Cette extrémité de l'île était jonchée de gros rochers qui gisaient comme des éboulements de falaise tout le long de la côte. Je courais de l'un à l'autre, suivi de Stella, cherchant en même temps du regard un filet d'eau qui coule entre les pierres. Mais je n'en trouvai pas.

J'étais épuisé, à présent. Je m'assis pour me reposer, la bouche sèche, le cœur battant. Je me sentais désespéré. J'allais mourir de soif. Je serais bientôt mis en pièces par les singes.

Stella me regarda dans les yeux.

– Il doit y avoir de l'eau, lui dis-je. Il y en a forcément.

Alors, me dirent ses yeux, que fais-tu là, assis à t'apitoyer sur toi-même ?

Je me forçai à me lever et repris mes recherches. L'eau de mer entre les rochers était si fraîche, si tentante ! Je la goûtai, mais elle était salée et saumâtre. Je la recrachai aussitôt. On devient fou si on en boit. Je le savais très bien.

Le soleil était déjà bas à l'horizon lorsque je revins sur la plage, de l'autre côté de l'île. Nous n'avions fait que la moitié du chemin par rapport à ce que j'avais escompté. C'était beaucoup plus grand que je ne l'avais cru le matin, du haut de la colline. Malgré mes recherches, je n'avais pas trouvé d'eau, et rien à manger. Je ne pouvais pas aller plus loin et Stella non plus. Elle était couchée sur le sable à côté de moi, et haletait à rendre l'âme. Il nous faudrait rester là pour la nuit. J'avais pensé faire quelques pas dans la forêt pour dormir sous les arbres – j'aurais pu faire un matelas de feuilles mortes, le sol de la jungle en était couvert – mais voyant l'ombre de la nuit tomber rapidement sur l'île, je n'osai m'y aventurer.

Les plaintes et les hurlements avaient repris au loin dans la forêt, comme le dernier chant mélodieux d'un office religieux, une psalmodie qui dura longtemps, jusqu'à ce que l'obscurité enveloppe l'île. Un vrombissement et un bourdonnement d'insectes (c'est en tout cas ce que je supposais) venaient de la forêt. J'entendais des tapements sourds, comme ceux d'un pic-vert frénétique. Il y avait des grattements, des raclements, et une sorte de coassement qui faisait penser à des grenouilles. Le grand orchestre de la jungle s'accordait. Mais ce n'étaient pas les bruits qui m'inquiétaient, c'était l'impression d'être constamment épié par des yeux fantomatiques. Je voulais être le plus loin possible de ces yeux. Je trouvai une petite

grotte au bout de la plage, avec du sable sec. Je m'allongeai par terre et essayai de dormir. Mais Stella ne me laissait pas fermer les yeux. Elle gémissait, assoiffée, affamée. Je ne dormis donc que par intermittence.

La jungle vrombissait, jacassait, coassait et, toute la nuit, les moustiques me harcelèrent. Ils bourdonnaient à mes oreilles et me rendaient fou. Je mis mes mains sur mes oreilles pour ne plus les entendre. Je me blottis contre Stella, essayant d'oublier où je me trouvais et de me perdre dans mes rêves. Je me souvins soudain que c'était mon anniversaire et me rappelai celui de l'année précédente avec Eddie et Matt. Je repensai au barbecue dans le jardin et à la délicieuse odeur des saucisses. Enfin, je m'endormis.

Le lendemain matin, je me réveillai affamé, frissonnant de froid et couvert de piqûres. Il me fallut quelques instants avant de me rappeler où j'étais et tout ce qui m'était arrivé. Je fus brusquement submergé par la cruelle réalité : j'étais seul, séparé de mes parents, menacé par toutes sortes de dangers.

Je me mis à pleurer tout haut sur mon malheur, quand je m'aperçus brusquement que Stella avait disparu. Je sortis de la caverne en courant. Je ne la vis nulle part. Je l'appelai, puis tendis l'oreille, mais seul me répondit le hurlement des gibbons. Je me retournai et je l'aperçus. Elle était sur les rochers, bien au-dessus de ma grotte, à moitié cachée par les pierres, mais je vis quand même qu'elle baissait la tête. Elle était clairement absorbée par quelque chose. Je grimpai jusqu'au rocher pour voir ce que c'était.

Je l'entendis boire avant d'arriver, elle lapait en cadence, bruyamment, comme elle le faisait toujours. Elle ne me regarda même pas quand j'approchai. Je vis alors qu'elle buvait dans une écuelle, une sorte d'écuelle en fer-blanc cabossée. Puis je remarquai quelque chose d'étrange sur une pierre plate, au-dessus d'elle.

Je laissai Stella se régaler d'eau fraîche et montai voir. Un autre bol d'eau et des feuilles de palmier étaient posés sur la pierre. Les feuilles de palmier étaient à moitié recouvertes d'une boîte en fer-blanc retournée. Je m'assis et bus l'eau d'un trait. Jamais l'eau ne m'avait semblé si bonne ! Sans reprendre mon souffle, je soulevai la boîte. Du poisson ! Des dizaines de petites tranches d'un blanc translucide étaient soigneusement rangées sur les feuilles de palmier. Et il y avait même cinq, six, sept petites bananes rouges. Des bananes rouges !

Je mangeai le premier poisson, savourant chaque bouchée. Mais même en mangeant je regardais tout autour de moi, cherchant des yeux un tremblement de feuilles significatif dans les arbres qui bordaient la forêt. Je ne vis rien. Pourtant quelqu'un m'avait bien apporté tout ça. Et cette personne devait être là, en train de me regarder. Je ne savais pas si je devais craindre cette révélation ou m'en réjouir.

Stella interrompit mes pensées. Elle me regardait d'un air suppliant, un peu plus bas. Je savais que ce n'était pas de l'affection ni du réconfort qu'elle me demandait. Elle attrapa chaque morceau de poisson que je lui lançai, l'engloutit aussitôt, attendant le prochain, la tête penchée de côté, une oreille dressée. Ensuite, ce fut un morceau pour elle, un pour moi. Son regard implorant m'aurait empêché de faire autrement.

Le poisson était cru, mais je n'y accordai aucune importance. J'avais trop faim pour y faire attention, et Stella aussi. Je gardai les bananes pour moi. Je les mangeai toutes. Elles ne ressemblaient pas aux bananes qu'on avait à la maison, elles étaient à la fois beaucoup plus sucrées, plus juteuses et plus savoureuses. J'aurais pu en manger encore douze.

Quand j'eus fini, je me levai et scrutai la forêt. Mon bienfaiteur, ou ma bienfaitrice, devait bien être quelque part, et pas très loin d'ici. J'étais sûr que je n'avais rien à craindre. Il fallait que j'établisse un contact. Je mis mes mains autour de ma bouche et criai plusieurs fois :

– Merci ! Merci ! Merci !

Mes mots résonnèrent dans l'île. Soudain, la forêt se remit à vivre bruyamment, une grande cacophonie de chants, de sifflements, de hurlements, de croassements et de coassements. Stella se mit à aboyer férocement. Quant à moi, je me sentis soudain euphorique, ravi, merveilleusement heureux. Je sautais en l'air en riant et en riant encore, jusqu'à ce que mon rire se transforme en larmes de joie. Je n'étais pas seul sur cette île ! Quels que soient les habitants de cet endroit, ils ne m'étaient pas hostiles. Sinon, pourquoi nous auraient-ils donné à manger, à Stella et à moi ? Mais pourquoi ne se montraient-ils pas ?

De toute façon, ils seraient bien obligés de revenir prendre leurs bols. Je décidai de leur laisser un message. Je trouvai une pierre pointue, m'agenouillai et gravai ces mots sur un rocher à côté des bols : « *Merci. Je m'appelle Michael. Je suis tombé d'un bateau. Qui êtes-vous ?* »

Ensuite, je me résolus à rester sur la plage toute la journée, près de ma grotte et du rocher qui la surplombait, puisque c'était là que le poisson avait été déposé pour nous. Je surveillerais sans arrêt pour arriver enfin à voir qui nous avait aidés.

Stella courut devant moi se jeter à l'eau. Elle aboyait, m'incitant à la rejoindre. Je n'avais pas besoin d'être convaincu. Je plongeai, fis des cabrioles, poussai des cris de joie et éclaboussai tout autour de moi, mais malgré toutes mes singeries Stella restait imperturbable. Elle avait toujours l'air très sérieux quand elle nageait, maintenant son menton hors de l'eau, et pédalant bien comme il faut avec ses pattes.

La mer était calme et douce, on ne voyait pas le moindre clapotis. Je n'osai pas aller là où je n'avais pas pied, j'avais eu mon compte pour un bout de temps ! Je sortis de l'eau, propre et revigoré ; je me sentais tout neuf. La mer est une grande guérisseuse. J'étais toujours couvert de piqûres de moustique, mais je ne les sentais plus.

Je décidai d'aller explorer la plage le plus loin possible, sans perdre ma grotte de vue. Il y avait des millions de coquillages roses, dorés, rejetés en longues files le long de la plage. Assez rapidement, je tombai sur ce qui, à une certaine distance, me parut être un morceau de rocher affleurant sur le sable. Stella, tout excitée, grattait tout autour. Je découvris alors qu'il ne s'agissait nullement d'un rocher, mais d'une longue plaque de métal rouillé. C'était à l'évidence tout ce qui restait de la coque d'un bateau, désormais profondément enfouie sous le sable. Je me demandai de quel bateau il pouvait s'agir, depuis combien de temps il avait fait naufrage. Avait-il été poussé sur cette île par une terrible tempête ? Y avait-il eu des survivants ? Certains d'entre eux étaient-ils encore là ? Je m'agenouillai dans le sable et passai ma main sur la plaque rouillée.

Je remarquai alors juste à côté, dans le sable, un petit morceau de verre transparent qui venait peut-être d'une bouteille. Il était brûlant, trop chaud pour que je le prenne.

Tout me revint en un éclair. Eddie m'avait montré comment faire. Nous avions essayé dans la cour de récréation de l'école, nous cachant derrière les poubelles, là où personne ne pouvait nous voir. Un morceau de papier, un bout de verre et le soleil. Nous avions fait du feu ! Je n'avais pas de papier, mais je pouvais me servir de feuilles. Je courus sur la plage, ramassant tout ce que je trouvais sous les arbres : des morceaux de bambou, des brindilles, toutes sortes de feuilles fines comme du papier, sèches comme de l'amadou. J'en fis un petit tas sur le sable et m'assis à côté. Je tins mon morceau de verre à côté des feuilles, l'orientant au soleil. Il fallait que je le tienne sans bouger, le plus immobile possible, et que j'attende le premier filet de fumée.

Si seulement j'arrivais à allumer un feu ! Si seulement j'arrivais à le garder allumé, je pourrais dormir la nuit. Il éloignerait les insectes et me protégerait des animaux. Enfin, tôt ou tard, un bateau passerait par là et quelqu'un verrait la fumée.

Je restai assis pendant une éternité. Stella vint me déranger – elle voulait jouer – mais je la repoussai. Elle finit par partir en boudant et alla s'étendre en soupirant à l'ombre des palmiers. Le soleil était brûlant, mais il ne se produisait rien. Comme je commençais à avoir mal au bras, j'arrangeai des brindilles sur les feuilles et posai le morceau de verre par-dessus, puis je m'accroupis à côté et attendis. Toujours rien.

Soudain, Stella sortit de son sommeil et se leva en poussant un grognement sourd. Elle courut vers moi, en se retournant sans cesse pour aboyer sa fureur contre la forêt. C'est alors que je vis ce qui l'avait dérangée.

Une ombre bougea sous les arbres, puis sortit pesamment sous le soleil et s'avança vers nous. Un singe, un singe géant. Rien à voir avec un gibbon. Il avançait lentement à quatre pattes, il était brun, d'un brun roux. Un orang-outan, j'en étais sûr. Il s'assit à quelques mètres de moi et m'observa. Je n'osais pas bouger. Quand il m'eut assez vu, il se gratta négligemment le cou, me tourna le dos et repartit tranquillement à quatre pattes vers la forêt. Stella continua à grogner longtemps après son départ.

Ainsi, il n'y avait pas seulement des gibbons, mais des orangs-outans aussi. À moins que ce soient les orangs-outangs qui aient poussé ces hurlements et qu'il n'y ait pas de gibbons. Je m'étais peut-être trompé depuis le début. J'avais vu un film de Clint Eastwood, un jour, avec un orang-outan. Dans le film, il était plutôt amical. J'espérai que celui-ci le serait aussi.

Alors, je vis la fumée. Je sentis la fumée. Il y avait une lueur dans mon tas de feuilles. Je soufflai doucement dessus. La lueur devint une flamme. J'ajoutai d'autres feuilles, quelques brindilles, puis quelques branches plus grosses. J'avais un feu ! J'avais un feu !

Je me précipitai dans la forêt et rassemblai tous les débris, toutes les coquilles vides de noix de coco, tout le bois que je pus trouver. Je fis plusieurs allers-retours jusqu'à ce que mon feu ronfle et crépite comme un brasier. Des étincelles volaient haut dans l'air. La fumée montait dans les arbres, derrière moi. Je savais que je ne pourrais plus me reposer, désormais, que le feu aurait besoin de plus en plus de bois, de brindilles plus grosses, et même de branches. Il fallait que j'aille en chercher et que je rapporte tout, jusqu'à ce que je sois absolument sûr que j'en aurais assez pour qu'il reste allumé, et que j'en aie suffisamment en réserve.

Je remarquai que Stella ne venait pas avec moi dans la forêt, mais qu'elle m'attendait près du feu. Je savais très bien pourquoi. Moi aussi, je craignais de voir l'orang-outan réapparaître mais pour le moment j'étais trop absorbé par mon feu pour y prêter beaucoup d'attention.

J'avais déjà fait une énorme pile de bois, mais je retournai quand même une dernière fois dans la forêt, au cas où le feu se consumerait plus vite que ce que j'avais prévu. Il fallait que je pénètre plus profondément dans la forêt, à présent, et cela me prit donc assez longtemps.

Je revenais sur la plage, chargé de bois jusqu'au menton, lorsque je me rendis compte qu'il y avait moins de fumée qu'auparavant et plus de flammes du tout. C'est alors que je le vis, à travers la fumée, lui, l'orang-outan. Il était accroupi et jetait du sable sur mon feu. Il se leva et vint vers moi, sortant de la fumée. Ce n'était pas un orang-outan. C'était un homme.

Moi, Kensuké

Il était tout petit, pas plus grand que moi, et c'était le plus vieil homme que j'aie jamais vu. Il ne portait rien d'autre qu'un vieux pantalon noué autour de la taille. Un grand couteau était enfilé dans sa ceinture. Il était maigre, aussi. À certains endroits, autour du cou et de sa taille, sa peau cuivrée pendait en plis, comme s'il avait rétréci à l'intérieur. Le peu de cheveux qu'il avait sur la tête et les poils de la petite barbe qui pendait à son menton étaient fins, longs, blancs.

Je vis immédiatement qu'il était très agité. Son menton tremblait, ses yeux aux paupières tombantes lançaient des regards accusateurs et furieux.

– *Dameda! Dameda!* me hurla-t-il.

Tout son corps tremblait de rage. Je reculai tandis qu'il se précipitait vers moi en gesticulant sauvagement avec un bâton.

Il continuait à me crier quelque chose. Il avait beau être vieux et squelettique, il avançait vite, presque en courant.

– *Dameda ! Dameda !*

Je ne comprenais rien à ce qu'il disait. C'était peut-être du chinois ou du japonais.

J'allais m'enfuir en courant quand Stella, qui curieusement n'avait pas aboyé, s'éloigna soudain de moi et se mit à bondir autour de lui. Ses poils n'étaient pas dressés, elle ne grognait pas. Ébahi, je la regardai lui faire fête comme à un vieil ami enfin retrouvé.

Il n'était plus qu'à quelques pas de moi quand il s'arrêta. Nous nous regardâmes en silence pendant quelques instants. Il s'appuyait sur son bâton, essayant de reprendre son souffle.

– *Americajin ? Americajin ?* Américain ? *Eikokujin ? English ?*

– Oui, dis-je, soulagé d'avoir enfin compris quelque chose. Anglais. Je suis anglais.

Il sembla avoir beaucoup de mal à trouver ses mots.

– Pas bon. Feu, pas bon. Compris ? Pas feu.

Il avait l'air moins en colère, à présent.

– Mais mon père, ma mère pourraient le voir, voir la fumée.

Il était évident qu'il ne me comprenait pas. Je lui montrai donc la mer pour lui expliquer.

– Là, ils sont là-bas. Ils verront le feu. Ils viendront me chercher.

Il redevint aussitôt agressif.

– *Dameda !* cria-t-il en agitant son bâton vers moi. Pas feu !

66

Pendant un instant, je crus qu'il allait me frapper, mais il se contenta de remuer le sable à mes pieds avec son bâton. Il traçait les contours de quelque chose, en marmonnant des mots incompréhensibles dans sa barbe. On aurait dit qu'il dessinait une sorte de fruit, au début, une noix peut-être ou une cacahuète. J'avais compris. C'était une carte de l'île. Quand il eut fini, il s'agenouilla et fit un tas de sable à chaque extrémité : les deux collines. Puis, d'un geste décidé, il traça une ligne droite, d'un bout à l'autre, en retranchant la plus petite partie de l'île de la plus grande.

– Toi, garçon. Toi ici, me dit-il en me montrant ma caverne au bout de la plage. Toi, répéta-t-il en enfonçant le doigt dans le tas de sable qui représentait ma colline.

Puis il se mit à écrire quelque chose sur toute la surface de sa carte en sable. Il ne traçait pas de lettres, mais des symboles – toutes sortes de signes, de pyramides, de croix, de traits horizontaux, de barres obliques et de gribouillis – et il écrivait tout à l'envers, en colonnes, de droite à gauche.

Il s'accroupit et se frappa la poitrine.

– Kensuké, moi, Kensuké. Mon île.

Il abattit sa main comme un couperet, séparant l'île en deux.

– Moi, Kensuké ici. Toi, garçon ici.

Je compris immédiatement ce qu'il voulait dire. Soudain, il se releva et agita son bâton vers moi.

– Pars, garçon. Pas feu. *Dameda.* Pas feu. Compris ?

Je m'en allai aussitôt sans discuter. Quand, au bout d'un moment, j'osai me retourner, il s'était agenouillé près de ce qui restait de mon feu et jetait de nouveau du sable dessus.

Stella était restée avec lui. Je la sifflai. Elle me rejoignit, mais pas tout de suite. Je voyais qu'elle n'avait pas envie de le quitter. Elle se conduisait très bizarrement. Stella Artois n'avait jamais été gentille avec les gens qu'elle ne connaissait pas, jamais. Elle me décevait, je me sentais même un peu trahi.

Quand je regardai de nouveau derrière moi, le feu ne fumait plus du tout. Il avait été complètement éteint. Le vieil homme avait disparu.

Je passai le reste de la journée dans ma grotte. Je ne sais pas très bien pourquoi, mais je m'y sentais à l'abri. J'imagine que j'avais déjà commencé à la considérer comme ma maison. Je n'en avais pas d'autre. Je ressentais la même chose que ce que doit éprouver un orphelin, abandonné et seul au monde. J'avais peur, j'étais en colère, j'étais complètement désorienté.

Je restais assis là, essayant de rassembler mes idées. J'avais bien l'impression, sans pouvoir en être sûr, que nous n'étions que deux êtres humains dans cette île, le vieil homme et moi. Il paraissait donc logique que ce soit lui qui m'ait laissé le poisson, les bananes et l'eau. Il s'agissait sûrement d'un acte de gentillesse, d'un signe d'amitié ou de bienvenue. Et pourtant, maintenant, ce même homme m'exilait à un bout de l'île comme si j'étais un lépreux, et il me faisait clairement comprendre qu'il ne voulait plus jamais me rencontrer. Et tout cela parce que j'avais allumé un feu ? C'était absurde. Il devait avoir perdu la tête, il devait être fou.

J'examinai ma situation sans complaisance. J'étais bloqué dans une île complètement perdue, avec pour toute compagnie un homme probablement fou, une bande de singes braillards (comptant au moins un orang-outan parmi eux), toutes sortes de bêtes inquiétantes tapies dans la forêt, et des millions de moustiques qui allaient me dévorer vif pendant la nuit. Je ne savais qu'une chose : je devais partir. Mais comment ? Comment pourrais-je jamais quitter cette île si je n'avais pas les moyens d'attirer l'attention d'un bateau de passage ? Je pourrais aussi bien rester là toute ma vie. Je préférai ne pas m'appesantir là-dessus.

Je me demandai depuis combien de temps le vieil homme était sur cette île et ce qui avait bien pu l'y amener. Qui était-il ? Et pour qui se prenait-il pour me dire ce que je pouvais et ce que je ne pouvais pas faire. Pourquoi avait-il éteint mon feu ?

Je me recroquevillai dans ma caverne et fermai les yeux. J'aurais tellement voulu être à la maison ou sur la *Peggy Sue* avec mes parents ! À force de faire ces rêves merveilleux, je finis par m'assoupir un peu, mais les moustiques et les hurlements venant de la forêt me ramenèrent à la réalité. Il fallait de nouveau affronter les terribles conséquences de ma misérable situation.

J'eus soudain l'impression d'avoir déjà vu le visage du vieil homme quelque part. Je ne voyais pas comment. Tandis que j'étais allongé sur le sable, en réfléchissant à cette énigme, le bout de verre qui était dans ma poche appuya contre ma hanche. Je me sentis tout de suite mieux. J'avais toujours de quoi allumer un feu. J'en referais un mais, cette fois, je le ferais brûler là où le vieil homme ne pourrait l'apercevoir. J'attendrais qu'un bateau passe et, jusque-là, je m'arrangerais pour survivre. Le vieil homme avait survécu ici. Puisqu'il avait su le faire, je devais en être capable, moi aussi. Et je m'en sortirais tout seul. Je n'avais pas besoin de lui.

J'avais de nouveau soif et faim. Je me dis que dès le lendemain matin j'irais dans la forêt chercher de la nourriture. Je trouverais de l'eau. D'une manière ou d'une autre, j'attraperais aussi des poissons. Je n'étais pas mauvais à la pêche. Je pêchais plutôt bien dans le lac artificiel et quand j'étais sur la

Peggy Sue ; je ne voyais pas pourquoi je n'y arriverais pas sur l'île.

Je passai la nuit à maudire les hordes d'insectes qui m'assaillaient, et la forêt jacassante qui ne voulait pas se taire, qui ne voulait pas me laisser tranquille. Je revoyais sans cesse dans ma tête ma mère en train de rire avec sa casquette de skipper. Je sentis les larmes me monter aux yeux et j'essayai de ne plus penser à elle. Je pensai au vieil homme. J'étais encore en train de me demander quel nom il avait dit porter quand je m'endormis.

Je me réveillai et immédiatement je sus qu'il était venu. C'était comme si je l'avais rêvé. Stella semblait avoir fait le même rêve, car elle bondit aussitôt sur les rochers, au-dessus de la grotte. Elle trouva ce qu'elle attendait manifestement : son écuelle de nouveau pleine d'eau. Sur la pierre plate un peu plus haut, je trouvai la même boîte retournée, avec mon bol d'eau à côté, exactement comme la veille. Je savais qu'il y aurait de l'eau dans le bol et, tandis que je poussais la boîte de côté, qu'il y aurait de la nourriture.

Assis les jambes croisées sur le rocher, mâchant rageusement mon poisson tout en en jetant des morceaux à Stella, je compris exactement ce que sa façon de faire signifiait. Nous n'étions pas amis. Nous n'allions pas le devenir. Il me maintiendrait en vie, ainsi que Stella, mais uniquement si je vivais selon ses règles. Je devais rester dans la partie de l'île qu'il m'avait attribuée et ne jamais allumer de feu. Tout était très clair.

L'espoir d'être rapidement secouru diminuant chaque jour, je devins de plus en plus résigné. Je savais que je n'avais pas le choix. J'étais obligé d'accepter ses règles et de continuer comme ça, au moins pour le moment. Il avait même tracé une frontière, une ligne de démarcation sur le sable qui allait de la forêt jusqu'à la mer, des deux côtés de l'île, et il la refaisait souvent, dès qu'elle commençait à s'effacer. Stella la franchissait, bien sûr, je ne pouvais pas l'en empêcher, mais moi non. Ce n'était pas la peine. Malgré l'animosité que j'avais vue dans ses yeux et son énorme couteau à la ceinture, je ne pensais pas vraiment qu'il me ferait du mal. Mais parce qu'il me faisait quand même peur, et que j'avais trop à perdre, je ne voulais pas l'affronter. Après tout, il nous fournissait tous les jours l'eau et la nourriture dont nous avions besoin.

Je commençai à trouver moi-même quelques fruits comestibles – en particulier un fruit à écorce épineuse (je découvris plus tard que c'était un ramboutan). C'était délicieux, mais je n'arrivais jamais à en trouver suffisamment, et Stella n'en mangeait pas. Je trouvais parfois une noix de coco intacte, mais la plupart du temps son lait avait tourné et sa chair était nauséabonde. Une fois ou deux, je tentai de monter sur un arbre en chercher ; malheureusement c'était toujours trop haut pour moi et je dus abandonner.

J'essayai de pêcher là où l'eau était peu profonde. Je me confectionnai une sorte de lance rudimentaire, un long bâton que j'avais aiguisé contre un rocher, mais je ne frappais pas assez vite. Il y avait souvent beaucoup de poissons, mais ils étaient trop petits et trop rapides. C'est pourquoi, que cela me plaise ou pas, nous avions toujours grand besoin de la ration quotidienne de poisson, de fruits et d'eau que le vieil homme nous apportait.

J'avais vainement cherché de l'eau douce dans la partie de l'île qui m'était attribuée. Je pensais souvent m'aventurer du côté de la forêt qui appartenait au vieil homme pour essayer d'en trouver, mais je n'osais pas. La plupart du temps, je restais près des sentiers déjà tracés.

Ce n'étaient pas seulement les interdits du vieil homme ni le hurlement des singes – que j'appris à reconnaître comme un avertissement – qui m'empêchaient de m'aventurer de son côté de l'île, c'était aussi l'orang-outan. Il avait semblé assez placide, cependant je ne savais pas du tout comment lui ou son ami réagiraient s'ils me trouvaient sur leur territoire. Je continuais à me demander aussi quelles bêtes pouvaient se cacher dans la végétation, prêtes à me sauter dessus dans l'humidité sombre de la forêt. À en juger par les jacasseries incessantes de la jungle, cet endroit grouillait de toutes sortes de créatures infernales.

La pensée de l'orang-outan et la terreur de l'inconnu dans la forêt suffirent à me dissuader, et à étouffer à la fois ma curiosité et mon courage. Je restais donc surtout sur ma plage, dans ma grotte et sur le sentier qui montait à travers la forêt jusqu'au sommet de ma colline.

Du haut de ma colline, je pouvais apercevoir le vieil homme de loin. Souvent, le matin, je le voyais pêcher des poissons à la lance, parfois seul, mais souvent accompagné d'un groupe d'orangs-outans, qui restaient assis sur la plage à le regarder. Un jour, j'en comptai jusqu'à quatorze ou quinze.

Quelquefois, l'homme portait un jeune orang-outan sur son dos. Quand il se déplaçait parmi eux, il semblait faire partie de leur famille.

J'essayai cent fois de rester éveillé jusqu'au moment où le vieil homme apportait ma nourriture, la nuit, mais je n'y parvins jamais. Je n'arrivai même pas à l'entendre une seule fois. Pourtant, tous les matins l'eau était là, et le poisson aussi. À cette période, il avait souvent un goût fumé que je préférais. Ce n'étaient pas toujours les mêmes fruits. La plupart du temps, il y avait un fruit qui avait un drôle de goût et que je n'aimais pas du tout. Je le mangeais quand même. Outre les bananes, les noix de coco et les baies, il me laissait parfois des fruits de l'arbre à pain et de jaquier (à l'époque, bien sûr, je ne savais absolument pas ce que c'était). Je mangeais tout, bien que moins vora-

mais les yeux très fort, priais aussi longtemps que je le pouvais, puis les rouvrais. Chaque fois que je le faisais, je sentais, je croyais vraiment que mes prières auraient une chance d'être exaucées, que cette fois j'allais ouvrir les yeux et voir la *Peggy Sue* revenir me sauver. Mais l'océan était toujours vide, la ligne d'horizon ininterrompue. J'étais toujours déçu, bien sûr, souvent abattu, mais pas complètement découragé, en tout cas pas les premières semaines.

J'avais aussi de sérieux problèmes avec les coups de soleil. Je m'étais rendu compte trop tard qu'il fallait garder mes vêtements sur moi toute la journée, et que je devais me faire un chapeau pour protéger du soleil mon visage et mon cou. Je me fis un grand chapeau, genre chapeau chinois, fait de feuilles de palmier entrelacées. J'étais assez fier de mon œuvre.

Les coups de soleil, je m'en aperçus assez vite, étaient un inconvénient que je pouvais éviter et que l'eau de mer apaisait. À midi, je descendais de ma colline et me rendais dans ma caverne pour me protéger de la chaleur brûlante du soleil de l'après-midi. Ensuite, j'allais me baigner. C'était le moment que Stella attendait. Je passais de longues heures à lui lancer un bout de bois. Elle adorait ça et, pour être franc, moi aussi. C'était le meilleur moment de la journée. Nous ne nous arrêtions qu'à la tombée de la nuit. Le crépuscule nous surprenait toujours trop tôt et nous renvoyait de nouveau dans notre grotte, de nouveau à mes batailles nocturnes contre mes suceurs de sang.

Un jour, après avoir encore passé la matinée sur ma colline à guetter en vain le passage d'un bateau, je sortais avec Stella de la forêt quand je découvris quelque chose sur le sable juste devant ma grotte. De loin, on aurait dit un bout de bois rejeté par la mer. Stella, qui était arrivée avant moi, le reniflait, tout excitée. Je vis alors ce que c'était. Il ne s'agissait pas du tout d'un bout de bois, mais d'un tapis tressé enroulé. Je le déroulai. À l'intérieur, soigneusement plié, il y avait un drap, un drap blanc. Il savait ! Le vieil homme connaissait tous mes malheurs, mes tracas, mes besoins. Il m'avait observé sans arrêt, et de près. Il avait dû me voir me gratter, il avait sûrement aperçu les marques rouges sur mes jambes, sur mes bras et m'avait vu me tremper dans l'eau tous les matins pour essayer de calmer mes piqûres. Cela voulait-il dire qu'il m'avait pardonné d'avoir allumé un feu ?

J'emportai le tapis dans ma grotte, le déroulai, m'enveloppai dans le drap et restai étendu là, riant de joie. Cette nuit, je remonterais le drap sur mon visage et ces damnés moustiques ne pourraient plus rien contre moi. Ils repartiraient affamés !

Je courus sur la plage jusqu'à la ligne de démarcation. Là je m'arrêtai, mis mes mains en porte-voix et criai :

– Merci ! Merci pour le lit ! Merci ! Merci !

Je n'attendais pas vraiment de réponse, et personne ne vint. J'avais espéré qu'il viendrait, mais je fus déçu. J'écrivis donc mes remerciements dans le sable, à côté de la ligne de démarcation et signai. J'avais tellement envie de le revoir, de lui parler, d'entendre une voix humaine ! Stella Artois était une merveilleuse compagne pour moi ; je pouvais tout lui confier, la caresser, jouer avec elle, mais je manquais terriblement de compagnie humaine – ma mère, mon père que j'avais perdus, peut-être pour toujours, me manquaient cruellement. J'avais envie de voir le vieil homme, de lui parler, même s'il était un peu fou, même si je ne comprenais pas ce qu'il disait.

Cette nuit-là, je décidai de rester éveillé pour le surprendre, mais j'étais si bien sur ma nouvelle natte, emmailloté dans mon drap, protégé des moustiques, que je m'assoupis rapidement et dormis d'une traite sans me réveiller une seule fois.

Le lendemain matin, après un petit déjeuner constitué de poisson, fruit de jaquier et noix de coco, je remontai avec Stella en haut de ma colline, ou de ma « colline de guet » comme je l'appelais désormais. J'avais appelé l'autre : « sa colline ». J'étais en train de réparer mon chapeau chinois, remplaçant certaines palmes car elles ne tenaient jamais ensemble très longtemps, quand je levai les yeux et vis un bateau à l'horizon. Il n'y avait pas de doute. C'était la longue et lourde silhouette d'un pétrolier géant.

Abunai!

Je me levai aussitôt et criai de toutes mes forces en agitant frénétiquement les bras. Je sautai en l'air en hurlant pour qu'ils s'arrêtent, qu'ils m'entendent, qu'ils me voient.

– Je suis là ! Là ! Je suis là !

Je ne m'arrêtai que lorsque j'eus la gorge en feu et ne pouvais plus crier. Le pétrolier glissait à l'horizon avec une lenteur désespérante. Il ne changeait pas de direction, et je sus qu'il ne le ferait plus. Je compris aussi que personne ne regarderait et que, même s'ils le faisaient, l'île tout entière leur apparaîtrait comme une vague petite bosse au loin. Comment pourraient-ils me voir ? Impuissant, éperdu, je dus me contenter de regarder le pétrolier s'éloigner inexorablement de moi, puis disparaître à l'horizon. Cela dura toute la matinée, une matinée d'angoisse mortelle.

Tandis que je restais là, sur le sommet de la colline de guet, à regarder le pétrolier disparaître, une colère brûlante remplaça peu à peu mon désespoir.

Si j'avais eu le droit de faire un feu, j'aurais eu au moins une chance, les marins auraient peut-être vu la fumée. Le vieil homme m'avait donné une natte pour dormir et un drap, je ne l'oubliais pas. Il veillait sur moi, il me maintenait en vie, mais il me gardait aussi prisonnier.

Quand la dernière trace du pétrolier eut disparu de ma vue, je me promis de ne plus jamais laisser passer ma chance. Je fouillai dans ma poche. J'avais toujours mon précieux morceau de verre. Je réfléchis à ce que j'allais faire et décidai de construire un autre feu, pas sur la plage où il pourrait le voir, mais ici sur la colline de guet, derrière les rochers et bien caché pour qu'il ne puisse pas le découvrir, même avec des jumelles, car, à présent, tout me portait à croire qu'il en avait. Je ramasserais un grand tas de bois, j'en ferais un phare mais je ne l'allumerais pas. Je le préparerais bien comme il faut et j'attendrais de voir un bateau. Puisque j'en avais vu un passer, il y en aurait sûrement d'autres, il fallait qu'il y en ait d'autres, et quand il viendrait, j'aurais mon bout de verre et un endroit où j'aurais caché des feuilles aussi fines que du papier, aussi sèches que de l'amadou. Je ferais brûler un tel brasier, un feu qui enverrait un tel panache de fumée que le bateau qui passerait par là ne pourrait pas ne pas le voir.

À partir de ce moment, je ne restais plus toute la journée à attendre, assis en haut de ma colline de guet. J'employais le plus clair de mon temps à fabriquer mon signal de détresse, mon phare. Je prenais de grosses branches dans la forêt et les traînais le long de l'éboulis rocheux, puis je les empilais, mais du côté de la colline qui donnait sur la mer – un endroit parfait pour être vu de l'océan quand le feu serait allumé, mais bien à l'abri des yeux fureteurs du vieil homme que je considérais désormais comme mon geôlier. Et il me surveillait, j'en étais sûr à présent. Pendant tout le temps où je cherchais et transportais mon bois, je pris garde de rester hors de sa vue. Seul un regard venant de la mer aurait pu surprendre ce que je faisais. Or, il n'y avait aucun regard, au large, pour me voir.

Il me fallut plusieurs jours de travail intensif pour construire mon phare secret. J'avais presque fini, lorsque quelqu'un découvrit ce que je préparais. Mais ce n'était pas le vieil homme.

J'étais en train de soulever une lourde branche pour la mettre sur mon tas de bois, quand je sentis soudain une ombre au-dessus de moi. Perché sur un rocher, un orang-outan me regardait. Impossible de savoir si c'était le même que la dernière fois. Il se tenait à quatre pattes, ses grandes épaules voûtées, la tête baissée. Il m'observait, me jetant des coups d'œil obliques. Je n'osai pas bouger. Il y eut un temps d'arrêt, exactement comme le jour où j'en avais rencontré un sur la plage.

Il s'assit et me regarda avec un certain intérêt pendant un moment. Puis il détourna les yeux, se gratta nonchalamment la tête et se sauva. Il s'arrêta une seule fois, se retourna pour me jeter un dernier coup d'œil, puis regagna l'ombre des arbres et disparut. Tandis que je le regardais partir, je me dis qu'il avait peut-être été envoyé pour m'espionner, qu'il allait sans doute raconter au vieil homme ce qu'il m'avait vu faire. C'était une idée ridicule, mais je me rappelle y avoir pensé.

Un orage éclata cette nuit-là, un orage terrifiant, avec des éclairs éblouissants, des coups de tonnerre assourdissants, une pluie diluvienne et tant de vent qu'il me fut impossible de fermer l'œil. De grandes vagues rugissantes déferlaient violemment sur la plage, faisant trembler le sol. Je déroulai ma natte tout au fond de la grotte. Stella restait couchée à mes côtés et se blottissait contre moi. Comme j'appréciais sa présence !

Il fallut quatre jours pour que l'orage passe mais, même aux pires moments, mon poisson et mes fruits m'attendaient chaque matin sous la boîte de fer-blanc qu'il avait solidement fixée au rocher pour qu'elle ne s'envole pas. Je restai à l'abri dans la grotte, avec Stella. Tout ce que nous pouvions faire, c'était regarder la pluie tomber à torrents. Je contemplais aussi, avec stupéfaction, la puissance des vagues immenses de l'océan qui déferlaient en rouleaux tumultueux, puis explosaient en se brisant sur la plage, comme si elles voulaient mettre l'île en pièces et nous engloutir dans la mer. Je pensais souvent à mes parents sur la *Peggy Sue*, je me demandais où ils pouvaient bien être. J'espérais seulement qu'ils avaient pu éviter le typhon, car c'en était un.

Puis, un matin, l'orage s'arrêta aussi vite qu'il s'était déclaré. Le soleil brillait dans un ciel bleu et limpide, et la symphonie de la forêt repartit là où elle s'était arrêtée. Je m'aventurai dehors. De la vapeur montait de toute l'île, des gouttes d'eau tombaient de partout. Je grimpai aussitôt sur la colline de guet pour voir si je n'apercevais pas de bateau qui ait peut-être fait fausse route à cause de la tempête, ou qui se soit abrité du vent derrière l'île. Il n'y avait rien. Ce fut une déception, mais mon phare, au moins, n'avait pas été détruit. Il était trempé, bien sûr, mais intact. Je ne pouvais plus faire de feu jusqu'à ce qu'il sèche.

Toute la journée, l'air fut chaud et lourd. J'avais du mal à bouger, et même à respirer. Stella restait couchée, pantelante. Le seul endroit où l'on pouvait se rafraîchir était la mer, aussi passais-je la plus grande partie de la journée à me prélasser dans l'eau. De temps en temps je jetais un bout de bois à Stella pour lui faire plaisir.

Je faisais la planche dans l'eau, flottant tranquillement, rêvant les yeux ouverts, quand j'entendis la voix du vieil homme. Il courait sur la plage, nous criant quelque chose et agitant sauvagement son bâton en l'air.

– *Yamero ! Abunai !* Dangereux. Compris ? Pas nager !

Il n'avait pas l'air furieux contre moi, comme la première fois, mais plutôt inquiet.

Je regardai la mer, autour de moi. Il y avait toujours un peu de houle, mais la tempête exhalait son dernier souffle, les vagues retombaient mollement, épuisées, sur la plage. Je ne voyais pas de danger particulier.

– Pourquoi ? lui demandai-je. Qu'est-ce qui se passe ?

Il avait jeté son bâton sur la plage et pataugeait dans l'eau en se dirigeant vers moi.

– Pas nager. *Dameda ! Abunai !* Pas nager.

Il m'attrapa alors par le bras et me tira de force hors de l'eau.

Il avait une poigne de fer. Je ne pouvais absolument pas lui résister. Il ne me lâcha qu'une fois revenus sur la plage. Il resta là quelques instants, hors d'haleine.

– Dangereux. Très mauvais. *Abunai !* me dit-il en me montrant la mer. Pas nager. Très mauvais. Pas nager. Compris ?

Il me regarda dans les yeux d'un air dur, me faisant clairement comprendre qu'il ne s'agissait pas d'un conseil, mais d'un ordre auquel je devais obéir. Puis il fit demi-tour, récupéra son bâton et retourna dans la forêt. Stella le suivit, mais je la rappelai.

À ce moment-là, j'eus envie de le défier ouvertement. Je me précipiterais dans la mer et pataugerais en faisant le plus de bruit possible, de la façon la plus provocante. J'allais lui montrer ! J'étais scandalisé par la monstrueuse injustice de tout son système. Pour commencer, il ne me permettait pas d'allumer de feu. Ensuite, il me bannissait à un bout de l'île, et maintenant je n'avais même plus le droit de nager ! J'avais envie de le traiter de tous les noms. Mais je n'en fis rien. Je ne retournai pas non plus nager dans la mer. Je capitulai. Je cédai, car j'étais obligé de le faire. J'avais besoin de sa nourriture, de son eau. Tant que mon tas de bois ne serait pas sec, tant qu'un autre bateau ne passerait pas, je serais obligé de me conformer à sa loi. Je n'avais pas le choix. Devant ma grotte, je fis sur le sable une figurine de la taille d'un homme qui le représentait, et je sautai dessus, défoulant ma fureur et ma frustration. Ensuite, je me sentis un peu mieux, mais pas tellement.

Jusque-là, à part quelques coups de cafard, quand la nostalgie des miens et la solitude m'empoignaient, j'avais plus ou moins réussi à garder le moral. Mais ce n'était plus le cas. Mon phare restait désespérément humide. Je montais tous les jours sur la colline pour guetter un bateau, et tous les jours la mer s'étendait de toutes parts, vide. Je me sentais de plus en plus isolé, de plus en plus déprimé. À la fin, je décidai de ne plus monter à la colline de guet, que ce n'était même pas la peine. Je restais donc dans ma grotte le jour aussi, recroquevillé sur ma natte pendant des heures. Je restais là, m'enfonçant dans mon malheur, ne songeant qu'à ma situation désespérée. Je me disais que je n'arriverais jamais à sortir de cette île, que j'allais mourir là, que mes parents ne sauraient jamais ce qui m'était arrivé. Personne n'en saurait rien, en dehors du vieil homme, de l'homme fou qui me gardait prisonnier, qui me persécutait.

Le temps était toujours lourd et humide. J'avais une envie folle d'aller plonger dans l'océan, mais je n'osais pas. Il me surveillait, c'était sûr. En dépit du poisson, des fruits, de l'eau que le vieil homme continuait à m'apporter, plus les jours passaient, plus je le haïssais. J'étais abattu, déprimé, mais en colère aussi, or c'est cette colère qui peu à peu me poussa à vouloir me sortir de là. Et c'est cette détermination qui me remonta le moral. Je grimpai de nouveau sur ma colline de guet. Je commençai par ramasser des feuilles et des brindilles sèches à la lisière de la forêt, puis je les cachai dans la large fente d'un rocher pour être sûr qu'elles restent toujours sèches et soient utilisables quand le jour viendrait. Mon phare avait enfin séché. Je le reconstruisis, de plus en plus haut. Lorsque j'eus fait tout ce que je pouvais faire, je m'assis et attendis mon heure. Je savais qu'elle viendrait. Jour après jour, semaine après semaine, j'allai m'asseoir en haut de la colline, mon bout de verre bien poli dans ma poche, mon phare prêt à s'allumer.

Quand le jour arriva, quand l'heure vint, je n'étais pas du tout en haut de ma colline. Un matin, encore tout ensommeillé, je sortis de ma grotte : il était là ! Un bateau ! Un bateau avec d'étranges voiles d'un brun rouge – sans doute une sorte de jonque chinoise – et pas si loin que ça ! L'excitation eut raison de moi. Je courus comme un fou sur la plage, criant et hurlant de toutes mes forces. Mais je m'aperçus très vite que c'était complètement absurde. La jonque n'était pas très loin, mais en pleine mer quand même, et à une trop grande distance pour que quelqu'un puisse me voir ou m'entendre. J'essayai de me calmer, de réfléchir… Le feu ! Allumer le feu !

Je courus tout le long du sentier jusqu'au sommet de la colline de guet, sans m'arrêter une seule fois. Stella me suivait en aboyant. Tout autour de moi, la forêt caquetait, résonnait de cris rauques et stridents de protestation contre ce brusque dérangement. Je préparai les feuilles sèches que j'avais cachées, pris mon morceau de verre et m'accroupis à côté de mon tas de bois pour allumer un feu. Mais je tremblais si fort d'excitation et d'épuisement que je n'arrivais pas à empêcher ma main de bouger. J'arrangeai donc des brindilles en haut du tas et posai le bout de verre par-dessus, comme je l'avais déjà fait la première fois. Puis je m'assis tout près, priant pour que les feuilles se consument.

Chaque fois que je levais les yeux vers la mer, je voyais la jonque s'éloigner lentement, mais elle était toujours là.

J'eus l'impression que cela durait une éternité, mais soudain une fine volute de fumée s'éleva, immédiatement suivie de la lueur merveilleuse d'une flamme se propageant au bord d'une feuille. Je me penchai pour souffler doucement sur le feu et lui insuffler la vie.

C'est alors que je vis ses pieds. Je levai les yeux. Le vieil homme se tenait en face de moi, me regardant d'un air furieux et meurtri. Il ne dit pas un mot, mais se mit à piétiner mon embryon de feu. Il s'empara de mon morceau de verre et le jeta violemment contre un rocher plus bas où il se brisa en mille morceaux. Je ne pouvais rien faire d'autre que le regarder en pleurant tandis qu'il donnait un coup de pied dans mon précieux tas de feuilles sèches, qu'il démantelait mon phare, lançait les branches et les brindilles une par une en bas de la colline. Un groupe d'orangs-outans se rassembla pour assister à la scène.

Désormais, il ne restait pratiquement rien de mon phare. Tout autour de moi, ses débris jonchaient l'éboulis rocheux. Je m'attendais à ce que le vieil homme se mette à m'injurier. Au contraire, il me parla très calmement, très posément.

– *Dameda*, me dit-il.

– Mais pourquoi ? m'écriai-je. Je veux rentrer chez moi. Il y a un bateau, vous ne le voyez pas ? Je veux simplement m'en aller, c'est tout. Pourquoi m'en empêcher ? Pourquoi ?

Il me regarda un instant. Je crus déceler dans son regard comme un éclair de compréhension. Puis, avec la plus grande raideur, il s'inclina très bas en disant :

– *Gomenasai. Gomenasai*. Désolé. Très désolé.

Là-dessus, il me quitta et disparut dans la forêt, suivi des orangs-outans.

Je restai assis là à regarder la jonque jusqu'à ce qu'elle ne soit plus qu'un petit point à l'horizon, jusqu'à ce que je ne supporte plus la vue de l'océan.

Je décidai immédiatement de le défier. J'étais si furieux que je ne me préoccupais plus des conséquences de ma désobéissance. Plus maintenant. Stella sur mes talons, je longeai la plage, puis m'arrêtai devant la ligne de démarcation sur le sable et là, délibérément, je la franchis. Je voulais qu'il sache exactement ce que je faisais.

– Vous me voyez, vieil homme ? lui criai-je. Regardez-moi ! Je suis passé de l'autre côté. J'ai franchi votre ligne imbécile ! Et maintenant, je vais nager. Je me fiche de ce que vous pouvez dire. Vous pouvez arrêter de me donner à manger, je m'en fiche ! Vous m'entendez, vieil homme ?

Je me retournai, traversai la plage en courant et me précipitai dans l'eau. Je nageai furieusement, jusqu'à ce que je sois complètement épuisé et loin du rivage. Dans ma fureur, je battais des pieds, faisant gicler, bouillonner et mousser l'eau autour de moi.

– La mer est à moi autant qu'à vous, criai-je. Et je nagerai autant que je le voudrai !

Alors, je le vis. Il apparut soudain en bordure de la forêt. Il me cria quelque chose en agitant son bâton. C'est à ce moment-là que je sentis une douleur cuisante dans la nuque, dans le dos et dans mes bras aussi. Une grande méduse blanche flottait juste à côté de moi et me touchait avec ses tentacules. J'essayai de m'éloigner, mais elle me suivait, elle me pourchassait. Elle me toucha de nouveau, au pied cette fois. La douleur fut immédiate et atroce. Elle envahit tout mon corps, comme une décharge électrique continue. Je sentis mes muscles se raidir. Je voulus battre des pieds pour me rapprocher du rivage, mais ce fut impossible. Mes jambes semblaient paralysées, mes bras aussi. Je coulais, et ne pouvais rien faire pour m'en empêcher. Je vis que la méduse s'apprêtait à me tuer. Je hurlai, et l'eau entra dans ma bouche. J'étais en état de choc. J'allais mourir, j'allais couler, mais peu m'importait. Je voulais simplement que la douleur s'arrête. Et la mort, je le savais, l'arrêterait.

7

Ce que le silence dit

Je sentis une odeur de vinaigre et crus que j'étais à la maison. Mon père nous rapportait toujours du poisson frit et des frites pour le dîner, le vendredi soir, qu'il adorait tremper dans le vinaigre. La maison empestait le vinaigre pendant toute la soirée. J'ouvris les yeux. Il faisait aussi sombre que si c'était le soir, mais je n'étais pas à la maison. J'étais dans une grotte, une grotte qui n'était pas la mienne. Je sentis également une odeur de fumée. J'étais allongé sur une natte et recouvert d'un drap jusqu'au menton. Je voulus m'asseoir pour regarder autour de moi, mais je ne pus bouger. J'essayai de tourner la tête : impossible. Je ne pouvais rien bouger à part les yeux. Je n'étais pas devenu insensible cependant. Des douleurs fulgurantes me transperçaient la peau, me vrillaient tout le corps, comme si j'avais été ébouillanté.

J'essayai d'appeler, mais je pus tout juste émettre un murmure. Alors je me souvins de la méduse. Tout me revint en mémoire.

Le vieil homme se penchait sur moi, à présent, sa main sur mon front.

– Toi mieux maintenant, me dit-il. Mon nom Kensuké. Toi mieux maintenant.

Je voulus lui demander des nouvelles de Stella. Elle me répondit d'elle-même en fourrant le bout de son museau froid dans mon oreille.

Je ne sais combien de jours je suis resté là, entre veille et sommeil, tout ce que je sais c'est qu'à chaque fois que je me réveillais Kensuké était assis à côté de moi. Il ne parlait presque jamais, et moi-même je ne pouvais parler, mais le silence entre nous en disait bien plus que les mots. Mon ennemi d'hier, mon geôlier, était devenu mon sauveur. Il me soulevait la tête pour verser du jus de fruit ou du bouillon chaud dans ma gorge. Il me faisait des compresses d'eau fraîche et, quand la douleur était si terrible que je criais, il me tenait la main et me chantait doucement quelque chose jusqu'à ce que je me rendorme. C'était étrange. Quand il me chantait un air, c'était comme si j'entendais un écho du passé, de la voix de mon père, peut-être, je ne savais pas. Peu à peu la douleur s'en alla. Il me ramena tendrement à la vie. Le jour où je pus remuer de nouveau les doigts, je le vis sourire pour la première fois.

Quand je parvins enfin à tourner la tête, je pus le regarder aller et venir, tandis qu'il s'affairait dans la caverne. Stella venait souvent se coucher à côté de moi, et elle le suivait des yeux, elle aussi.

Chaque jour, à présent, je voyais un peu mieux où je me trouvais. Comparée à ma grotte sur la plage, celle-ci était grande. En dehors de la roche voûtée qui servait de toit, on aurait difficilement cru que c'était une grotte. Elle n'avait rien de rudimentaire. On aurait plutôt dit une maison sans cloisons qu'une caverne : cuisine, salon, bureau, chambre, tout était réuni dans le même espace.

Le vieil homme faisait la cuisine sur un petit feu qui fumait sans arrêt au fond de la grotte. La fumée s'échappait par une petite fente de la voûte, et c'était probablement cette fumée qui empêchait les moustiques de me harceler. Il y avait toujours quelque chose qui pendait d'un trépied en bois au-dessus du feu, soit une sorte de chaudron noirci, soit de longues tranches qui avaient l'aspect et l'odeur de morceaux de poisson séché.

Je voyais l'éclat métallique de casseroles et de poêles rangées sur une étagère en bois, près de mon lit. Il y avait d'autres étagères, sur lesquelles s'alignaient des dizaines de boîtes et de pots de toutes les formes et, derrière, d'innombrables bouquets d'herbes et de fleurs séchées. Kensuké prenait souvent ces herbes et ces fleurs, il les mélangeait et les pesait, mais je ne savais pas exactement pour quoi faire. Parfois, il m'en apportait pour que je sente leur parfum.

La maison-caverne ne contenait pas beaucoup de meubles. Près de l'entrée de la grotte, il y avait une table basse en bois, qui ne faisait pas plus de quarante centimètres de haut. C'est là que Kensuké gardait ses pinceaux, toujours bien rangés, ainsi que plusieurs pots, bouteilles et même soucoupes.

Il travaillait presque toujours près de l'entrée de la grotte pour avoir la lumière du jour. La nuit, il déroulait sa natte et l'étendait contre le mur, en face de moi. Parfois, je m'éveillais tôt le matin et je le regardais dormir. Il était toujours allongé sur le dos, enroulé dans son drap, et ne bougeait jamais le moindre muscle.

Kensuké passait plusieurs heures par jour à peindre, agenouillé devant la table. Il peignait sur de grands coquillages mais, à ma grande déception, il ne me montrait jamais ce qu'il avait fait. Il semblait d'ailleurs peu satisfait de son travail car, dès qu'il avait fini, il lavait presque toujours ce qu'il avait peint et recommençait. De l'autre côté de l'entrée de la grotte, il avait installé un grand établi au-dessus duquel étaient accrochés des outils de toute sorte – scies, marteaux, ciseaux, etc. Sous l'établi, il avait mis trois grands paniers en bois dans lesquels il fouillait souvent pour chercher un coquillage ou un drap propre. Nous changions de drap tous les soirs.

À l'intérieur de la caverne, il portait une sorte de robe portefeuille (je sus plus tard que c'était un kimono). Il tenait la grotte impeccablement propre et la balayait au moins une fois par jour. Il avait mis une grande bassine d'eau juste à l'entrée. Chaque fois qu'il franchissait le seuil, il se lavait et s'essuyait les pieds avant de marcher à l'intérieur.

Le sol était entièrement recouvert de tapis faits en joncs tressés, comme nos nattes pour dormir. Et tout autour de la grotte, jusqu'à la hauteur de la tête et même plus haut, les murs étaient revêtus de bambou. C'était simple, mais c'était une maison. Il n'y avait pas de désordre. Chaque chose avait sa place et son utilité.

Quand je commençai à aller mieux, Kensuké s'absenta de plus en plus souvent, me laissant seul dans sa caverne, mais heureusement jamais trop longtemps. Il revenait au bout d'un moment, très souvent en chantant, rapportant du poisson, parfois des fruits, des noix de coco ou des herbes, qu'il venait me montrer fièrement. Les orangs-outans l'accompagnaient parfois, mais seulement jusqu'à l'entrée de la caverne. Ils jetaient des coups d'œil à l'intérieur pour me voir et pour guetter Stella qui, de son côté, gardait toujours ses distances. Parfois les jeunes essayaient de s'aventurer dans la caverne, mais il suffisait à Kensuké de taper dans ses mains pour qu'ils se sauvent aussitôt.

Les premiers jours que je passai dans la maison-caverne, j'aurais tellement voulu pouvoir parler avec Kensuké ! Il y avait des milliers de mystères, des milliers de choses que j'aurais voulu savoir. Mais j'avais toujours beaucoup de mal à parler et, par ailleurs, j'avais l'impression qu'il était très heureux de notre silence, qu'il préférait ça, d'une certaine façon. C'était un homme qui semblait très secret et content de l'être.

Puis, un jour, après être resté agenouillé des heures sur l'une de ses peintures, Kensuké vint près de moi et me la donna. Elle représentait un arbre, un arbre en fleur. Son sourire disait tout.

– Pour toi. Arbre japonais. Moi, Japonais.

À partir de ce jour, Kensuké me montra toutes ses peintures, même celles qu'il lavait par la suite. C'étaient toutes des lavis en noir et blanc représentant des orangs-outans, des gibbons, des papillons, des dauphins, des oiseaux, des fruits. Il n'en gardait que très rarement une, qu'il rangeait ensuite soigneusement dans l'un de ses paniers. Il conservait plusieurs lavis de l'arbre. Je remarquai que c'était toujours un arbre en fleur, un « arbre japonais », comme il l'appelait, et je vis qu'il était particulièrement content de me montrer les peintures de cet arbre-là. Il était évident qu'il me permettait de par-

ceux qui étaient mûrs de ceux qui ne l'étaient pas,
et savait quand cela valait la peine de grimper. Il
montait sur des arbres qui semblaient inaccessibles,
avec agilité, assurance et sans crainte. Dans la forêt,
il n'avait peur de rien, ni des bruyants gibbons qui
se balançaient au-dessus de sa tête pour l'empêcher
de toucher à leurs fruits, ni des abeilles qui s'agglu-
tinaient autour de lui quand il sortait un rayon de
miel d'un trou et le descendait du haut d'un arbre

(il se servait du miel pour sucrer les fruits et les
mettre en bocaux). Il était toujours accompagné de
sa famille d'orangs-outans, qui nous suivaient dans
la forêt, patrouillant parfois devant, ou gambadant
de-ci de-là derrière nous. Dès que Kensuké chantait, ils venaient. Ils semblaient presque hypnotisés
par le son de sa voix. Ils étaient intrigués par moi et
par Stella, mais ils étaient méfiants, et nous l'étions

également, aussi nous tenions-nous à une distance raisonnable les uns des autres.

Un soir que je regardais Kensuké pêcher, un jeune orang-outan monta inopinément sur mes genoux et se mit à examiner mon nez avec ses doigts avant de passer à mon oreille. Il la tira très fort, ce que je n'appréciai guère, mais je ne criai pas. Ensuite, le reste de la troupe suivit, m'utilisant comme une cage à écureuil. Même les plus vieux, les plus grands, venaient

me toucher de temps en temps mais, heureusement, ils étaient plus réservés, plus circonspects. Stella, en revanche, se tint toujours à une certaine distance, et ils firent de même avec elle.

Pendant tout ce temps – je suppose que je devais déjà être sur l'île depuis plusieurs mois – Kensuké avait très peu parlé. Il avait beaucoup de mal à trouver quelques mots d'anglais. Les mots que nous échangions ne nous aidaient pas beaucoup à nous comprendre. Nous avions donc plutôt recours à des sourires, à des hochements de tête, à toutes sortes de signes. Parfois, nous dessinions même des figures dans le sable pour nous expliquer. C'était tout juste assez pour se débrouiller.

Mais je brûlais de découvrir tellement de choses ! Que s'était-il passé pour qu'il se retrouve tout seul sur cette île ? Depuis combien de temps était-il là ? Comment s'était-il procuré toutes ces casseroles, tous ces pots, ces outils ? Et le couteau qu'il portait toujours à la ceinture ? Comment se faisait-il que l'un de ses paniers en bois soit rempli de draps ? D'où venaient-ils ? Et pourquoi était-il si gentil avec moi, à présent, si prévenant, alors qu'au début il avait clairement montré que ma présence l'indisposait ? Mais dès que je me hasardais à poser de telles questions, il secouait simplement la tête et se détournait de moi comme un homme sourd, honteux de son infirmité. Je ne savais pas vraiment s'il ne comprenait pas ce que je voulais dire, ou s'il ne voulait pas comprendre. De toute façon, je voyais que ça le mettait mal à l'aise et je n'insistais pas. Les questions, apparemment, étaient une intrusion. Je me résignai à attendre.

Notre vie à tous les deux était toujours bien remplie et aussi régulière qu'une horloge. Debout à l'aube, nous descendions le chemin pour nous baigner dans le courant d'eau douce qui sortait du flanc de la colline et coulait dans un grand bassin de pierres lisses. C'était là que nous lavions nos draps et nos vêtements (il m'avait fait mon propre kimono, à présent). Nous les battions et les frottions contre les pierres avant de les suspendre à la branche d'un arbre pour les faire sécher. Le petit déjeuner consistait en un jus de fruit dense et pulpeux qui semblait différent chaque jour, ainsi qu'en bananes ou en noix de coco. Je ne me lassais jamais des bananes, mais je fus très vite dégoûté des noix de coco. Nous passions le matin à pêcher près du rivage ou à cueillir des fruits dans la forêt. Parfois, après un orage, nous parcourions la plage à la recherche de coquillages pour sa peinture – il ne fallait prendre que les plus grands et les plus plats – ou de bouts de bois rejetés par la mer, pour les ajouter à son tas de bois au fond de la caverne. Il y avait deux tas, l'un pour faire du feu et l'autre qui devait être réservé à ses travaux de menuiserie. Ensuite nous rentrions déjeuner dans la maison-caverne. Nous mangions du poisson cru (toujours délicieux) et souvent le fruit de l'arbre à pain (toujours fade et difficile à avaler). Une petite sieste après le déjeuner pour tous les deux, puis Kensuké se mettait à sa table pour peindre. Le regarder peindre me fascinait à un tel point que j'étais toujours déçu quand la lumière déclinait et que le soir tombait.

Nous nous préparions une soupe de poisson sur le feu. Nous mettions tout dans la marmite, la tête et la queue des poissons, ainsi qu'une douzaine d'herbes différentes. Kensuké ne gâchait jamais rien. Et, pour finir, il y avait toujours des bananes rouges. Je ne souffrais jamais de la faim. Après le dîner, nous nous asseyions à l'entrée de la grotte et regardions le soleil se coucher dans la mer. Puis, sans un mot, il se levait. Chacun de nous s'inclinait profondément devant l'autre, puis Kensuké déroulait sa natte pour dormir et je m'occupais de la mienne.

J'aimais beaucoup voir Kensuké au travail : il était si attentif, si concentré sur ce qu'il faisait. Mais le regarder peindre était plus extraordinaire encore. Au début, il me laissait seulement m'agenouiller à côté de lui et regarder. Je sentais que, dans ce domaine-là aussi, il aimait son intimité, qu'il ne voulait pas être dérangé. Il posait trois soucoupes sur la table devant lui : une soucoupe d'encre de poulpe (pour Kensuké, les poulpes ne servaient pas seulement de nourriture), une soucoupe remplie d'eau et une autre où mélanger l'encre et l'eau. Il tenait toujours son pinceau très fermement et très droit dans sa main, ses quatre doigts d'un côté, son pouce de l'autre. Il travaillait à genoux, penché sur son travail, sa barbe frôlant presque le coquillage qu'il était en train de peindre – je pense qu'il devait être un peu myope. Je le regardais des heures d'affilée, émerveillé par la délicatesse de son travail, par la sûreté de sa main.

Un après-midi pluvieux – et quand il pleuvait sur l'île ce n'était pas une plaisanterie – il sortit pour moi un coquillage, trois soucoupes et un pinceau. Il prit grand plaisir à m'apprendre malgré mes tentatives maladroites ! Je me rappelle qu'au tout début j'essayai de peindre la méduse qui m'avait attaqué. Il éclata de rire en voyant ça, mais pas pour se moquer de moi, c'était plutôt un rire de connivence, en souvenir de ce qui nous avait rapprochés. J'avais toujours bien aimé le dessin, mais Kensuké m'apprit à l'aimer passionnément. Il m'apprit que, pour peindre ou pour dessiner, il fallait d'abord bien observer, déterminer la forme de l'image dans sa tête, et enfin la transmettre à son bras jusqu'au bout du pinceau, puis jusqu'au coquillage. Il m'apprit tout cela sans jamais parler. Il me montrait simplement comment faire.

Autour de moi, tout indiquait qu'il était un grand artisan. La maison-caverne devait avoir été meublée entièrement par lui, à partir de bois d'épave : les paniers, l'établi lui-même, les étagères, la table. Il avait également dû faire les tapis tissés, les panneaux de bambou, tout. Et quand j'examinais les choses de près, je voyais que tout était parfaitement fini. Il n'y avait pas de clous ni de vis, tout était bien assemblé à l'aide de chevilles de bois. Il utilisait aussi une sorte de colle, quand il en avait besoin, et parfois de la ficelle, aussi. Des cannes à pêche (que je ne l'avais encore jamais vu utiliser), des harpons, des filets de pêche, des cordes pour monter aux arbres, il devait avoir tout fait lui-même.

Il avait aussi fabriqué ses pinceaux, et je découvris bientôt comment. Kensuké avait son orang-outan préféré : une grande femelle, qu'il appelait Tomodachi, et qui venait souvent s'asseoir près de lui pour se laisser brosser. Un jour Kensuké était en train de la brosser, juste devant l'entrée de la maison-caverne, sous le regard intéressé des autres orangs-outans, quand je le vis arracher d'un geste délibéré les poils les plus longs et les plus sombres du dos de Tomodachi. Il me les montra en souriant, avec un air de conspirateur. Sur le moment, je ne compris pas vraiment ce qu'il voulait en faire. Mais, un peu plus tard, je le vis devant son établi couper et trier les poils, puis les tremper dans un peu de sève qu'il avait recueillie le matin même, couper un petit bout de bambou creux, puis le garnir de poils de Tomodachi. Le jour suivant, la sève avait séché et collé les poils du pinceau. Kensuké semblait toujours trouver le moyen de satisfaire tous ses besoins.

Un jour, nous étions en train de peindre en silence, la pluie tombait à verse sur la forêt un peu plus bas, quand Kensuké s'arrêta, posa son pinceau et me dit tout doucement, sur un ton très mesuré, comme s'il avait pensé longtemps à ce qu'il allait me dire :

– J'apprends toi à peindre, Mica (c'était la première fois qu'il m'appelait par mon prénom). Tu apprends moi parler anglais. Je veux parler anglais. Tu apprends moi.

Ce fut le début d'une leçon d'anglais qui dura des mois. Tous les jours, du matin au soir, je lui traduisais le monde qui l'entourait en anglais. Je parlais sans arrêt, et il répétait tous les mots, toutes les phrases qu'il voulait. Des rides creusaient son front sous l'effort qu'il faisait à chaque fois.

C'était comme si en disant chaque mot, il l'avalait et l'envoyait directement dans son cerveau. Une fois qu'il en avait prononcé un, qu'il s'était exercé à le dire correctement, il l'oubliait rarement et, si cela se produisait, il était furieux contre lui. Parfois, lorsque je disais un mot nouveau, je remarquais que son regard s'éclairait. Il hochait la tête et souriait presque comme s'il reconnaissait le mot, comme s'il saluait un vieil ami. Il le répétait sans cesse, savourant le son du mot avant de le mémoriser pour de bon. Et, naturellement, plus il apprit de mots, plus il essaya de les associer les uns aux autres. Il commença par des mots isolés, puis passa à des tronçons de phrases, et enfin à de longues phrases complètes. Sa prononciation, cependant, ne s'améliora jamais, malgré tous ses efforts. Michael était toujours Mica – parfois Micasan. Désormais, nous pouvions enfin parler plus facilement ensemble ; le long silence dans lequel notre amitié s'était forgée n'avait jamais été une barrière entre nous, mais il nous avait limités.

Un soir que nous étions assis à l'entrée de la caverne, Kensuké me dit :

– Tu vois maintenant si je comprends, Micasan. Tu me racontes histoire, ton histoire, où tu habites, pourquoi toi venu sur mon île. Depuis enfance jusqu'à maintenant. J'écoute.

Je lui racontai donc mon histoire. Je lui parlai de ma maison, de mes parents, de la briqueterie qui avait fermé, de mes parties de football avec Eddie et les Mudlarks, je lui parlai de la *Peggy Sue* et de notre voyage autour du monde, de notre partie de foot au Brésil, des lions en Afrique, des araignées en Australie, de ma mère qui était tombée malade, et de la nuit où j'étais passé par-dessus bord.

– Très bien. Je comprends. Très bien, me dit-il quand j'eus fini. Alors, tu aimes le football. Quand moi petit, je jouais au football aussi. Temps très heureux, il y a longtemps au Japon, chez moi.

Il resta assis en silence pendant un moment.

– Toi, très loin de ta maison, Micasan. Toi très triste parfois. Je vois. Alors je te fais content. Demain nous allons pêcher et peut-être je te raconte mon histoire. Mon histoire, ton histoire, peut-être la même histoire, maintenant.

Le soleil avait brusquement disparu. Nous nous levâmes et nous nous inclinâmes l'un devant l'autre.

– *Oyasumi nasai*, dit-il.

– Bonne nuit, lui répondis-je.

C'était le seul moment de la journée où il parlait japonais, alors qu'il chantait presque toujours en japonais. Je lui avais appris *Ten Green Bottles*, et il riait toujours en chantant cette chanson. J'adorais le voir rire. C'était un rire doux, comme un gloussement prolongé, qui me réchauffait toujours le cœur.

Le lendemain matin, il prit deux cannes à pêche et un filet et me précéda dans la forêt.

– Aujourd'hui, nous prenons gros poisson, Mica, pas petit poisson, déclara-t-il.

Il nous emmena du côté de l'île où la mer m'avait rejeté bien des mois auparavant, mais où j'étais rarement revenu, car on n'y trouvait presque pas de fruits. Il fallut s'ouvrir un sentier dans la forêt avant de rejoindre un chemin abrupt qui descendait jusqu'à une petite crique sablonneuse et cachée. En sortant de la forêt, et en arrivant sur la plage, Stella bondit en avant et se précipita au bord de l'eau en aboyant pour que je joue avec elle.

Soudain, Kensuké me prit par le bras.

– Regarde, Micasan. Que voir toi ?

Ses yeux étaient pleins de malice. Je ne voyais pas ce que j'étais censé découvrir.

– Rien, ici, n'est-ce pas ? Moi très malin. Regarde. Je te montre.

Il se rendit à un bout de la plage et je le suivis. Une fois arrivé là, il se mit à tirer sur les broussailles et à les écarter. À ma grande surprise, il lui suffit de tirer pour que les broussailles lui restent dans la main. Tout d'abord, je vis quelque chose qui ressemblait à une bûche dans le sable, mais ensuite il repoussa encore des branches et je vis que c'était un bateau, une embarcation en bois, une longue pirogue à balancier. Elle était recouverte d'une

109

bâche que Kensuké retira tout doucement, en riant dans sa barbe comme il savait le faire.

Et là, au fond du bateau, à côté d'une longue rame, se trouvait mon ballon de football. Il alla le chercher et me le lança. Il était plus mou, à présent, et une grande partie du cuir blanc était râpé et décoloré mais, par endroits, je pus encore déceler le nom d'Eddie.

8

Tous morts
à Nagasaki

J'étais fou de joie. J'avais retrouvé une partie de moi-même que je croyais avoir perdue pour toujours.

– Maintenant, me dit Kensuké en me souriant, maintenant toi heureux, Micasan. Moi aussi heureux. Nous pêcher. Je te raconte bientôt où je trouve ce ballon. Bientôt je raconte tout. Petit poisson plus très bon en ce moment. Plus beaucoup. Nous avons besoin gros poisson de mer profonde. Ensuite nous fumons le poisson. Et nous avons beaucoup de poisson à manger. Compris ?

La pirogue était beaucoup plus lourde qu'elle n'en avait l'air. J'aidai Kensuké à la tirer vers la mer.

– Très bon bateau, me dit-il, tandis que nous hissions Stella à bord. Ce bateau ne coule jamais. J'ai fait moi-même. Bateau très sûr.

Il poussa le bateau à l'eau et sauta dedans. Son agilité et sa force extraordinaires m'étonnaient toujours. Il rama avec un seul aviron. Il se tenait debout à l'arrière du bateau, comme s'il faisait avancer le bateau à la perche. Nous fûmes bientôt loin de l'abri de la caverne, dans les grandes vagues de la pleine mer.

Serrant contre moi mon ballon bien-aimé, Stella couchée à mes pieds, je regardais Kensuké, attendant qu'il me raconte son histoire. Je savais qu'il valait mieux ne pas le presser. Il fit passer la pêche avant tout. Après avoir appâté et jeté nos lignes, nous nous installâmes chacun à un bout de la pirogue. Je brûlais de lui poser des questions sur mon ballon, j'aurais voulu savoir comment il l'avait trouvé, mais je n'osais pas, de crainte qu'il ne veuille plus rien dire. Il me fallut attendre un certain temps avant qu'il se décide à parler, mais cela en valait la peine.

– Maintenant, je te raconte tout, Micasan, me dit-il, comme promis. Je suis vieux, mais ce n'est pas une longue histoire. Je suis né au Japon, à Nagasaki. Très grande ville, près de la mer. Je grandis dans la ville. Quand moi jeune homme, j'étudie médecine à Tokyo. Bientôt je deviens docteur, docteur Kensuké Ogawa. Très fier de moi. Je m'occupe de beaucoup de mères et de bébés aussi. Je suis la première personne qui voit les bébés venir au monde. Puis je vais à Londres. Je fais des études à Londres, à l'hôpital Guy. Tu connais cet endroit ?

Je fis non d'un signe de tête.

– Bien sûr, j'apprends à parler un peu anglais, à l'hôpital. Ensuite, je reviens à Nagasaki. J'ai une très belle femme, Kimi. Puis j'ai un petit garçon aussi, Michiya. Moi très heureux, ces jours-là. Mais la guerre arrive. Tous les Japonais sont soldats, maintenant, beaucoup de marins. Je vais dans la marine. Docteur sur un grand bateau de guerre.

Un poisson toucha sa ligne et mangea l'appât, mais sans se faire prendre à l'hameçon. Kensuké alla chercher un nouvel appât.

– Cette guerre très ancienne, maintenant, reprit-il.

J'avais une vague idée de la guerre avec le Japon – j'avais vu certains films qui évoquaient cette période – mais je savais très peu de choses. Il secoua la tête d'un air affligé.

– Beaucoup de morts dans cette guerre. Cette guerre, temps très dur. Beaucoup de navires coulés. Armée japonaise gagne beaucoup de batailles. Marine japonaise gagne beaucoup de batailles. Tous les Japonais très contents. Comme football, quand tu gagnes, tu es content. Quand tu perds, tu es triste. Je vais souvent à la maison, je vois Kimi et mon petit Michiya à Nagasaki. Il grandit vite. Déjà grand garçon. Nous tous famille très heureuse.

« Mais la guerre dure longtemps. Beaucoup d'Américains viennent, beaucoup de navires et avions et bombes. Maintenant, la guerre ne va plus si bien pour les Japonais. Nous combattons, mais maintenant nous perdons. Temps très dur.

« Nous sommes dans une grande bataille navale. Mon navire bombardé. Le feu, la fumée. Beaucoup

113

d'hommes brûlés. Beaucoup d'hommes morts. Beaucoup sautent du navire dans la mer. Mais je reste. Je suis docteur. Je reste avec mes malades. Les avions reviennent. Encore des bombes. Je pense cette fois je suis mort. Mais je ne suis pas mort. Je regarde le bateau, autour de moi. Tous les malades morts. Tous les marins morts. Je suis la

seule personne vivante sur ce navire, mais le moteur marche toujours. Le bateau avance tout seul. Il va où il veut. Je ne peux pas tenir le gouvernail, je ne peux rien faire. Seulement, écouter la radio. À la radio les Américains disent grande bombe tombe sur Nagasaki, bombe atomique. Beaucoup de morts. Je suis très triste. Je pense Kimi morte, Michiya mort. Ma mère habite là aussi, toute ma famille. Je pense tous morts.

« Bientôt radio dit les Japonais se rendent. Moi si triste, je veux mourir.

Il pêcha quelques instants en silence, avant de reprendre :

– Bientôt le moteur s'arrête, mais le bateau ne coule pas. Beaucoup de vent arrive, grande tempête. Cette fois, je suis sûr de mourir. Mais la mer emmène le bateau et moi sur cette île. Le bateau arrive sur la plage, et moi toujours pas mort.

« Très vite je trouve la nourriture. Je trouve l'eau aussi. Je vis comme vagabond pendant long moment. À l'intérieur, je me sens une mauvaise personne, toute ma famille morte, moi vivant. Je ne veux pas vivre. Mais je rencontre les orangs-outans. Très gentils avec moi. Cet endroit très beau, tranquille. Pas de guerre, ici, pas de gens méchants. Je me dis, Kensuké, toi beaucoup de chance être vivant. Peut-être tu restes ici.

« Je prends beaucoup de choses dans le bateau, je prends nourriture, vêtements, draps. Je prends les casseroles, les bouteilles. Je prends le couteau. Je prends les jumelles. Je prends les médicaments. Je trouve beaucoup de choses, beaucoup d'outils aussi. Je prends tout. Quand Kensuké finit, il reste pas beaucoup dans le bateau, je peux te le dire. Je trouve grotte, je cache tout dans la grotte. Bientôt arrive terrible tempête, et bateau contre les rochers. Il coule très vite.

« Un jour, soldats américains viennent. Je cache. Je ne veux pas me rendre. Pas honorable. J'ai très peur aussi. Je cache avec orangs-outans. Américains font un feu sur la plage. Ils rient dans la nuit. J'écoute. Je les entends. Ils disent tout le monde mort à Nagasaki. Eux très contents de ça. Ils rient. Cette fois, je reste sur cette île, je suis sûr. Pourquoi rentrer à la maison ? Bientôt Américains, ils repartent. Mon navire sous l'eau maintenant. Ils ne le trouvent pas. Mon navire toujours ici. Sous le sable, maintenant, partie de l'île, maintenant.

C'était donc ça, la plaque rouillée que j'avais trouvée le premier jour sur la plage ! Tant de choses commençaient à devenir claires pour moi. Un poisson mordit soudain à l'hameçon, m'arrachant presque la ligne des mains. Kensuké vint m'aider. Il nous fallut plusieurs minutes pour ramener le poisson à la surface, mais à nous deux nous parvînmes à le hisser à bord. On se rassit, épuisés, tandis que le poisson se débattait au fond du bateau, à nos pieds. Il était énorme, plus gros que le plus gros des poissons que j'avais jamais vu, un brochet que mon père avait pris dans le lac artificiel derrière la maison. Kensuké le tua rapidement en lui assenant un coup derrière la tête avec le manche de son couteau.

– Beau poisson. Très beau poisson. Toi, très bon pêcheur, Mica. Tous les deux ensemble, bon travail. Nous en pêchons peut-être plus, maintenant.

Mais, bien qu'on ne vît pas le temps passer, plusieurs heures s'écoulèrent avant que nous en prenions un autre. Kensuké me raconta sa vie tout seul dans l'île, comment il avait appris à survivre, à vivre des ressources qu'elle offrait. Il me dit que c'était en observant les orangs-outans manger et en regardant ce qu'ils ne mangeaient pas qu'il avait compris le plus de choses. Il avait appris à grimper comme eux, et même à comprendre leur langage, à tenir compte de leurs signaux d'avertissement – certaines façons d'échanger des regards et de se gratter nerveuse-ment. Il avait peu à peu créé des liens de confiance avec les orangs-outans et était devenu l'un des leurs.

Le temps de regagner le rivage, ce soir-là, avec trois énormes poissons au fond du bateau (je crois que c'étaient des thons), Kensuké avait presque fini de me raconter son histoire. Il continua à par-ler en ramant :

– Après les Américains, personne vient sur mon île. Tout seul ici beaucoup d'années. Je n'oublie pas Kimi. Je n'oublie pas Michiya. Mais je vis. Puis, il y a un an, peut-être, ils viennent. Des gens très méchants, des tueurs. Avec des fusils. Ils chassent. Je chante pour mes orangs-outans : ils viennent avec moi quand je chante. Ils ont très peur. Ils viennent tous dans ma grotte. Nous cachés. Les tueurs ne nous trouvent pas. Mais dans la forêt ils tirent sur – tu m'as dit leur nom – les gibbons. Ils tuent les mères. Ils prennent les petits. Pourquoi ils font ça ? Moi très en colère. Je pense, tous les gens tous des tueurs. Je déteste tout le monde, je pense. Je ne veux pas voir les gens. Jamais.

« Puis, un jour, j'ai besoin de gros poisson à fumer, je vais pêcher dans ce bateau. Le vent souffle très fort. Je vais trop loin. La mer m'entraîne très fort. J'essaye de revenir sur l'île. Impossible. Je suis vieux. Mes bras pas assez forts. Quand la nuit vient, moi toujours loin. Très effrayé. Je chante. Ça me donne du courage. J'entends crier. Je vois la lumière. Je pense que je rêve. Puis j'entends autre chanson dans la mer, dans le noir. Je viens aussi vite que je peux. Je trouve toi et Stella et le ballon. Toi, presque mort, Micasan. Stella, chien presque mort.

Ainsi, c'était Kensuké qui m'avait sorti de la mer, c'était Kensuké qui m'avait sauvé ! Cela ne m'avait jamais effleuré l'esprit.

– Le matin, reprit-il, la mer nous ramène près de mon île. Moi très heureux toi pas mort. Mais furieux aussi. Je veux être seul. Je ne veux pas voir les gens. Pour moi les gens, tous des tueurs. Je ne veux pas toi sur mon île. Je t'amène sur la plage. Je te laisse sur la plage. Je laisse nourriture pour toi. Je laisse eau pour que toi pas mort. Mais tu fais le feu. Je veux pas les gens viennent ici. Je ne veux pas les gens trouvent moi sur mon île. Avec le feu, peut-être ils viennent. Peut-être ils tuent orangs-outans, gibbons. Peut-être ils me trouvent, m'emmènent aussi. Moi furieux, je détruis le feu. Je ne veux pas te parler. Je ne veux pas te voir. Je trace ligne sur le sable.

« Grand orage arrive, terrible. Après orage, mer pleine de méduses. Je connais ces méduses. Très dangereuses. Elles te touchent, toi mort. Je sais ça. Je dis, ne nage pas, très dangereux. Très vite je vois toi faire grand feu en haut de la colline. Je pense toi très méchant. Je suis furieux maintenant, et toi aussi furieux. Tu nages dans la mer. La méduse te brûle. Je pense que toi mourir. Mais toi très fort. Tu vis. Je t'emmène dans la grotte. J'ai vinaigre. Je le fais avec des baies. Le vinaigre tue le poison. Tu vis, Mica, mais pendant longtemps, garçon très malade. Toi, de nouveau fort, et nous amis maintenant. Très bons amis.

C'était ainsi que les choses s'étaient passées. Il arrêta de ramer un moment, puis me sourit.

– Toi comme un fils pour moi, maintenant. Nous heureux. Nous faisons la peinture, la pêche. Nous heureux. Nous restons ensemble. Toi, ma famille, Micasan. Oui ?

– Oui, dis-je, sincèrement convaincu.

Il me laissa prendre l'aviron et me montra comment ramer debout, les pieds bien plantés et bien écartés. Ce n'était pas aussi facile que je l'avais cru au premier abord. Il était clair que Kensuké me faisait entièrement confiance pour nous ramener sur l'île, car il s'était assis à la poupe de la pirogue pour se reposer. Il s'endormit presque aussitôt, la bouche ouverte, le visage creusé. Il semblait toujours plus vieux quand il dormait. Tandis que je le regardais, j'essayais de me représenter son visage tel qu'il avait dû être quand il était arrivé sur l'île la première fois, il y avait si longtemps, plus de quarante ans auparavant. Je lui devais tant ! Il m'avait sauvé deux fois la vie, m'avait nourri et m'avait traité en ami. Il avait raison. Nous étions heureux et j'étais sa famille.

Mais j'avais aussi une autre famille. Je repensai à la dernière fois où j'avais été sur un bateau, à mon père, à ma mère, au souci qu'ils devaient se faire pour moi chaque jour, chaque nuit. À présent, ils devaient sûrement croire que je m'étais noyé, qu'il n'y avait plus aucune chance de me retrouver vivant. Mais je ne m'étais pas noyé. J'étais en vie. D'une manière ou d'une autre, il fallait que je le leur fasse savoir. Tandis que je m'escrimais à ramener la pirogue sur l'île, cet après-midi-là, je fus soudain submergé par l'envie de les revoir, d'être avec eux. Je pourrais voler la pirogue, je pourrais ramer loin d'ici, je pourrais refaire un feu. Mais je savais très bien qu'en réalité c'était devenu impossible. Comment pourrais-je abandonner Kensuké maintenant, après tout ce qu'il avait fait pour moi ? Comment pourrais-je trahir sa confiance ? J'essayai de chasser ces idées de ma tête, sincèrement convaincu que j'y parviendrais. Mais le lendemain matin je trouvai une bouteille de Coca-Cola en plastique, rejetée sur la plage par la mer. À partir de là, l'idée de m'évader revint me hanter du matin au soir et ne me lâcha plus.

Pendant quelques jours, je gardai la bouteille de Coca cachée dans le sable, me débattant avec ma conscience, ou plutôt cherchant des justifications à ce que j'avais l'intention de faire. Ce ne serait pas vraiment une trahison, me disais-je, ce ne serait pas aussi grave. Même si on trouvait la bouteille, personne ne saurait où venir me chercher, on apprendrait simplement que j'étais vivant. Je me décidai finalement à faire ce que j'avais en tête, et le plus vite possible.

Kensuké était parti à la pêche aux poulpes. J'étais resté dans la caverne pour finir de peindre un coquillage, ou du moins, c'est ce que je lui avais dit. Je trouvai un vieux drap au fond de l'un de ses paniers et j'en déchirai un petit morceau. Puis je m'agenouillai devant la table, défripai le morceau de tissu et peignis mon message dessus à l'encre de poulpe :

Pour : La Peggy Sue. *Fareham. Angleterre.*
    Chers parents,
Je suis vivant. Je vais bien. Je vis sur une île.
Je ne sais pas où. Venez me chercher.
    Baisers,
                                Michael

J'attendis que l'encre sèche, puis j'enroulai le bout de tissu, sortis ma bouteille de Coca du sable, glissai mon message à l'intérieur et revissai à fond le bouchon de la bouteille. Je m'assurai que Kensuké était toujours absorbé par la pêche, et partis.

Je parcourus toute la longueur de l'île en courant et en restant toujours dans la forêt pour que Kensuké n'ait aucune chance de voir où j'allais ou ce que je me préparais à faire. Les gibbons me hurlèrent leurs accusations tout au long du chemin, la forêt caqueta et cria sa condamnation. J'espérais simplement que Stella ne se mettrait pas à aboyer, elle aussi, indiquant ainsi l'endroit où je me trouvais. Heureusement, elle resta silencieuse.

J'atteignis finalement les rochers sous la colline de guet. Je passai d'un rocher à l'autre, jusqu'à ce que j'arrive à l'extrême bout de l'île. Les vagues me léchaient les pieds. Je regardai tout autour de moi. Stella était mon seul témoin. Je lançai la bouteille aussi loin que possible. Puis je restai là à la regarder tandis qu'elle dansait sur l'eau. Elle avait pris le large.

Ce soir-là, je ne pus avaler ma soupe de poisson. Kensuké crut que j'étais malade. Je n'arrivais presque plus à lui parler. Je n'osais plus le regarder en face. Je me tourmentai toute la nuit, à la fois rongé par la culpabilité et bercé par l'espoir que ma bouteille serait recueillie par quelqu'un.

Le lendemain après-midi, nous étions en train de peindre, Kensuké et moi, quand Stella entra doucement dans la caverne. Elle avait la bouteille de Coca dans la gueule. Elle la lâcha par terre puis me regarda, haletante et contente d'elle.

Kensuké se mit à rire et ramassa la bouteille. Il allait me la donner quand il remarqua qu'il y avait quelque chose à l'intérieur. À sa façon de me regarder, je vis qu'il avait déjà compris ce que c'était.

9

La nuit des tortues

Un long silence douloureux tomba alors entre nous. Kensuké ne me reprocha jamais ce que j'avais fait. Il n'était pas en colère contre moi, ni même maussade. Pourtant je savais que je l'avais profondément blessé. Nous nous parlions toujours – mais ce n'était plus comme avant. Chacun de nous vivait isolé dans son cocon. Nous étions très aimables, toujours polis, et cependant nous n'étions plus ensemble. Il s'était replié sur lui-même et restait absorbé dans ses pensées. La chaleur avait disparu de ses yeux, le rire ne résonnait plus dans la maison-caverne. Il ne me le dit jamais – ce n'était pas la peine – mais je compris que dorénavant il préférait peindre seul, pêcher seul, rester seul.

Ainsi, jour après jour, j'arpentais l'île avec Stella, espérant qu'à mon retour il m'aurait pardonné, que nous serions de nouveau amis. Mais il gardait toujours ses distances. Je souffrais de cette amitié perdue. Je me souviens que je retournais souvent à l'autre bout de l'île, à la colline de guet, et que je restais des heures assis là, non plus à attendre les bateaux, mais à réciter à haute voix l'explication que je pourrais lui donner. Cependant, j'avais beau dire et redire cette explication sous toutes ses formes, je ne parvenais même pas à me convaincre moi-même : j'avais bien été déloyal. Pour finir, ce fut Kensuké lui-même qui m'expliqua les choses.

Un soir, nous venions de nous coucher quand Tomodachi vint à l'entrée de la caverne et resta tapie là. Elle l'avait déjà fait une fois ou deux peu de temps auparavant ; elle restait quelques minutes, jetait un coup d'œil à l'intérieur pour nous voir, puis s'en allait. Kensuké parla à haute voix dans le noir :

– Elle perd toujours son bébé. Kikanbo est bébé insupportable. Il part tout le temps. Il rend Tomodachi mère très triste.

Il claqua des mains pour qu'elle s'en aille.

– Kikanbo n'est pas là, Tomodachi. Pas là.

Mais Tomodachi ne bougea pas. Elle cherchait probablement un peu de réconfort. J'avais déjà remarqué que quand les orangs-outans étaient tristes ou effrayés, ils venaient souvent voir Kensuké, simplement pour être près de lui.

Au bout d'un moment, Tomodachi s'enfuit dans la nuit, nous laissant de nouveau seuls, plongés dans le vacarme de la forêt et dans le silence qui s'était installé entre nous.

– Je pense à beaucoup de choses, dit soudain Kensuké, rompant le silence. Tu dors, Micasan ?

Cela faisait des semaines qu'il ne m'avait plus appelé par mon nom, depuis l'incident de la bouteille de Coca.

– Non, lui dis-je.

– Très bien. J'ai beaucoup à dire. Tu écoutes. Je parle. Je pense à beaucoup de choses. Quand je pense à Tomodachi, je pense à ta mère. Ta mère, elle aussi perd son bébé. Elle te perd. C'est très triste pour elle. Peut-être elle cherche et ne te trouve pas. Toi pas là quand elle vient. Elle pense tu es mort pour toujours. Mais elle te voit dans sa tête. Maintenant je te parle et peut-être elle te voit dans sa tête. Tu es toujours là. Je sais. J'ai un fils aussi. J'ai Michiya. Lui toujours dans ma tête. Comme Kimi. Ils sont morts, c'est sûr, mais toujours dans ma tête. Dans ma tête pour toujours.

Il ne dit plus rien pendant un long moment. Je crus qu'il s'était endormi. Puis il se remit à parler :

– Je te dis toutes mes pensées, Micasan. C'est mieux ainsi. Je reste dans cette île parce que je veux rester dans cette île. Je ne veux pas rentrer au Japon. Les choses sont différentes pour toi. Tu veux traverser la mer et rentrer chez toi, et c'est bien, bonne chose pour toi. Mais pas pour moi. Pour moi, très triste. Je vis beaucoup d'années seul ici. Moi heureux ici. Et puis toi venu aussi. Je te déteste au début quand tu viens. Mais après, tu es comme fils pour moi. Je pense peut-être moi comme père pour toi, toi comme fils pour moi. Moi très triste si tu t'en vas.

J'aime parler avec toi. J'aime écouter. J'aime t'entendre parler. Je veux tu restes sur l'île. Compris ?

– Je crois, dis-je.

– Mais tu fais une chose mauvaise. Nous amis, mais tu ne me dis pas comment tu sens. Tu ne me dis pas comment tu fais. Ce n'est pas honorable. Quand je trouve la bouteille, quand je lis les mots, moi très triste. Mais après, je comprends. Je pense tu veux rester ici avec moi, et tu veux aussi aller à la maison. Alors quand tu trouves la bouteille, tu écris le message. Tu ne me dis rien parce que tu sais moi triste. C'est comme ça ?

– Oui, dis-je.

– Toi, très jeune, Micasan. Tu fais belles peintures, très bonnes peintures, comme Hokusai. Tu as longue vie devant toi. Tu ne peux pas vivre toute la vie avec vieil homme mort un jour. Alors, en pensant ces choses, je change idée. Tu sais comment nous faisons demain ?

Il n'attendit pas ma réponse.

– Nous faisons un feu, un grand feu. Comme ça nous prêts quand un bateau passe. Alors tu pars à la maison. Et nous faisons autre chose aussi. Nous jouons football, toi et moi. D'accord ?

– Très bien.

C'est tout ce que je pus répondre. En quelques instants, il m'avait non seulement débarrassé de toute ma culpabilité, mais il m'avait donné un tel bonheur et tant d'espoir aussi !

– Très bien. Très bien. Tu dors maintenant. Beaucoup de travail demain, beaucoup de football aussi.

Le lendemain matin, nous commençâmes à construire un nouveau phare en haut de la colline au-dessus de la maison-caverne. Nous prîmes une bonne partie de la réserve de bois que nous avions ramassé pour faire la cuisine et qui était stocké au sec, au fond de la caverne. Il sacrifia même certaines de ses meilleures bûches. Nous ne devions pas porter le bois très loin, nous eûmes donc rapidement de quoi faire un bon feu. Kensuké dit que cela suffisait pour le moment, que nous trouverions d'autres branches dans la forêt, et que nous pourrions en ajouter un peu tous les jours.

– Bientôt nous avons feu si grand qu'ils le voient au Japon, peut-être ! dit-il en riant. Nous déjeunons maintenant, ensuite nous dormons, puis football. Oui ?

Un peu plus tard dans l'après-midi, nous plantâmes des bâtons dans le sable pour marquer l'emplacement d'un but, puis, tandis que l'un gardait le but, l'autre essayait d'entrer le ballon dedans. Le ballon était très dégonflé, et il était loin de rebondir aussi bien dans le sable qu'autrefois dans la boue du terrain de sport derrière la maison, mais cela n'avait pas d'importance. Kensuké aurait pu avoir une canne, il était peut-être aussi vieux que les collines, mais il savait assez bien taper dans un ballon de foot pour m'empêcher de le bloquer, et souvent, en plus !

Ce fut un moment formidable. Nous aurions voulu qu'il dure toujours. Entourés d'une foule de chimpanzés médusés, avec Stella qui se mêlait au jeu et courait après le ballon chaque fois qu'on avait marqué un but, nous n'avions plus aucune envie de partir, et seule l'obscurité nous força enfin à remonter sur la colline. Nous étions tous deux si fatigués qu'on se contenta d'un grand verre d'eau, d'une banane ou deux et qu'on alla se coucher sur nos nattes.

C'est après notre réconciliation que j'appris à mieux connaître Kensuké. Son anglais ne cessait de s'améliorer et il aimait vraiment le parler, à présent. Pour une raison qui m'échappait, c'était surtout quand nous sortions pêcher dans sa pirogue qu'il était heureux de parler. Or nous ne sortions pas très souvent en pleine mer, uniquement quand il n'y avait pas grand-chose à pêcher près du rivage et que nous avions besoin de gros poissons pour les fumer et les conserver.

Lorsque nous étions en pleine mer, ses histoires affluaient. Il me parlait beaucoup de son enfance au Japon, de sa sœur jumelle ; il me dit que sa plus mauvaise action avait été de pousser sa sœur et de la faire tomber de l'arbre de leur jardin. Elle s'était cassé le bras, et il repensait à elle chaque fois qu'il peignait ce cerisier en fleur qu'il m'avait si souvent montré. Mais sa sœur aussi se trouvait à Nagasaki quand la bombe était tombée. Je me souviens qu'il m'avait même donné l'adresse à laquelle il vivait quand il faisait ses études à Londres – 22 Clanricarde Gardens. Je ne l'ai jamais oubliée. Un jour, il était allé voir un match de football – c'était Chelsea qui jouait – et ensuite il s'était assis à califourchon sur le lion de Trafalgar Square jusqu'à ce qu'un policier intervienne pour l'en déloger.

Mais c'est de Kimi et de Michiya qu'il parlait le plus. Il aurait tant aimé voir Michiya grandir ! Michiya, disait-il, aurait eu une cinquantaine d'années, à présent, si la bombe n'était pas tombée sur Nagasaki, et Kimi aurait eu exactement le même âge que lui, soixante-quinze ans. Je l'interrompais rarement quand il me racontait ces choses-là, mais un jour je lui dis pour le réconforter :

– Les bombes ne tuent pas tout le monde. Ils sont peut-être encore vivants. On ne sait jamais. Vous devriez essayer de savoir. Vous pourriez rentrer chez vous.

Il me regarda comme si c'était la première fois qu'il envisageait cette possibilité depuis toutes ces années.

– Et pourquoi pas ? repris-je. Quand nous verrons un bateau, que nous allumerons le feu et qu'on viendra me chercher, vous pourriez venir, vous aussi. Vous pourriez retourner au Japon. Vous n'êtes pas obligé de rester ici.

Il réfléchit un moment, puis secoua la tête d'un air résigné.

– Non, dit-il. Ils sont morts. Cette bombe très grosse bombe, bombe vraiment terrible. Les Américains disent Nagasaki est détruite, toutes les maisons. Je les entends. Ma famille morte, c'est sûr. Je reste ici. En sécurité ici. Je reste dans mon île.

Chaque jour, nous empilions un peu plus de bois pour construire notre phare. Il était énorme, à présent, encore plus gros que celui que j'avais fait sur la colline de guet. Tous les matins, avant de descendre nous laver dans le bassin d'eau douce, Kensuké m'envoyait en haut de la colline avec ses jumelles. Je scrutais toujours l'horizon, plein d'espoir et d'anxiété. J'espérais voir un bateau, bien sûr, j'espérais tant retrouver les miens ! Mais, en même temps, je redoutais de partir. Je me sentais tellement chez moi avec Kensuké ! L'idée de le quitter me remplissait d'une tristesse terrible. Je décidai de faire tout ce que je pourrais pour le persuader de m'accompagner, si un bateau venait un jour.

À la moindre occasion, à présent, je lui parlais du monde extérieur, et plus je lui en parlais, plus il semblait intéressé. Bien sûr, je n'évoquais jamais les guerres, les famines, les catastrophes. Je lui présentais le monde extérieur sous son meilleur jour. Il ignorait tant de choses ! Il s'étonnait de tout ce que je lui disais, du four à micro-ondes dans la cuisine, des ordinateurs et de tout ce qu'ils pouvaient faire, du Concorde, plus rapide en vol que la vitesse du son, des hommes qui étaient allés sur la lune, et des satellites. Il me fallut lui donner bien des explications pour qu'il se représente tous ces changements. Parfois, même, il ne me croyait pas, en tout cas pas au début.

Puis ce fut lui qui se mit à m'interroger. Il me posait surtout des questions sur le Japon. Mais je ne savais pas grand-chose sur ce pays, en dehors du fait qu'à la maison un tas d'objets, y compris notre four à micro-ondes, portaient la mention « *made in Japan* » : des voitures, des ordinateurs, la stéréo de mon père, le sèche-cheveux de ma mère.

— Moi, personne « *made in Japan* », dit-il en riant. Très vieille machine, encore bonne, toujours très solide.

J'avais beau me creuser la mémoire, au bout d'un moment, je ne trouvais plus rien à lui dire sur le Japon, mais il continuait à me demander :

— Tu es sûr qu'il n'y a pas de guerre au Japon en ce moment ?

J'en étais certain et je le lui disais.

— Ils ont reconstruit Nagasaki après la bombe ? me demandait-il.

Je lui affirmais qu'ils avaient reconstruit la ville, en espérant que c'était vrai. Tout ce que je pouvais faire, c'était le rassurer du mieux que je pouvais, et puis lui répéter encore et encore le peu de choses que je savais. Il semblait aimer les entendre, comme un enfant qui écoute son conte de fées préféré.

Un jour, alors que je venais de lui vanter une fois encore la qualité extraordinaire du son de l'appareil stéréo Sony de mon père, qui faisait vibrer toute la maison, il me dit très calmement :

— Peut-être un jour avant de mourir je reviens chez moi. Un jour, je reviens au Japon. Peut-être.

Je n'étais pas sûr qu'il ait été vraiment convaincu de ce qu'il disait, mais au moins il envisageait la possibilité de partir, et cela me donna des raisons d'espérer.

Ce fut à partir de la nuit des tortues, cependant, que je commençai à croire qu'il envisageait sérieusement de quitter l'île.

Je dormais profondément quand il me réveilla.

— Tu viens, Micasan. Vite. Tu viens, me dit-il.

— Pourquoi ? lui demandai-je, mais il était déjà parti.

Je courus derrière lui à la clarté de la lune et le rejoignis à mi-chemin vers la mer.

— Qu'est-ce qui se passe ? Où allons-nous ? Il y a un bateau ?

— Tu vois bientôt, très bientôt.

Stella me suivait de très près tandis que nous avancions sur la plage. Elle n'avait jamais beaucoup aimé sortir la nuit. Je regardai autour de moi. Je ne vis rien de spécial. La plage semblait complètement déserte. Les vagues clapotaient mollement. La lune chevauchait les nuages et le monde semblait immobile autour de moi, comme s'il retenait son souffle.

Je ne voyais pas ce qui se passait, lorsque soudain Kensuké tomba à genoux dans le sable.

– Elles très petites. Parfois elles pas assez fortes. Parfois les oiseaux viennent le matin et les mangent.

C'est alors que je la vis.

Au début, je crus que c'était un crabe. Mais je me trompais. C'était une minuscule tortue, plus petite qu'une tortue d'eau douce. Elle sortait d'un trou dans le sable et s'efforçait de traverser la plage en vitesse pour arriver jusqu'à la mer. Puis j'en aperçus une autre, une autre encore, et plus loin sur la plage des dizaines, des centaines de tortues, peut-être même des milliers, qui se précipitaient vers la mer sous la clarté de la lune. La plage entière semblait vivante. Stella en flairait une et je dus la mettre en garde. Elle se mit à bâiller en levant les yeux vers la lune d'un air innocent.

Je vis que l'une d'entre elles était sur le dos, au fond d'un trou et qu'elle remuait désespérément les pattes. Kensuké arriva, la remit doucement sur ses pattes et la posa sur le sable.

– Tu vas à la mer, petite tortue, lui dit-il. Tu vis là-bas maintenant. Bientôt, tu es une grande belle tortue, et peut-être un jour tu reviens me voir.

Il s'accroupit pour la voir partir.

– Tu sais comment elles font, Mica ? Les mères tortues déposent les œufs ici. Ensuite, une nuit par an, toujours quand la lune est haute, des petites tortues naissent. C'est loin pour arriver jusqu'à la mer.

Beaucoup sont mortes. Alors, je viens toujours. Je les aide. Depuis beaucoup d'années, quand les tortues sont grandes, elles reviennent. Elles déposent de nouveau leurs œufs ici. Histoire vraie, Micasan.

Je restai toute la nuit avec Kensuké pour veiller sur toutes ces naissances, tandis que les petites tortues

se sauvaient vers la mer. Nous allions voir chaque trou, toujours ensemble, pour vérifier qu'il ne restait pas de petite tortue au fond, enlisée ou coincée. Plusieurs d'entre elles étaient trop faibles pour faire le voyage et nous les portions nous-mêmes jusqu'à la mer. La mer semblait les ressusciter. Elles s'en allaient aussitôt sans avoir besoin de leçon de natation. Nous en remettions des dizaines dans le bons sens et les accompagnions en vérifiant qu'elles arrivaient bien jusqu'à la mer.

Quand vint l'aube et que les oiseaux approchèrent pour fondre sur elles, nous étions là pour les chasser. Stella les poursuivait et aboyait après eux, tandis que nous courions vers eux en criant, en faisant de grands gestes et en leur jetant des pierres. Notre réussite ne fut pas totale, mais la plupart des tortues parvinrent jusqu'à la mer. Cependant même là, elles n'étaient pas entièrement en sécurité. Malgré nos efforts désespérés, des oiseaux se jetèrent sur quelques tortues qui étaient déjà dans l'eau et les emportèrent.

Vers midi, tout était fini. Kensuké était fatigué. Nous avions de l'eau jusqu'aux chevilles et regardions les toutes dernières tortues s'éloigner en nageant. Il passa son bras autour de mes épaules.

– Très petites tortues, Micasan, mais très courageuses. Plus courageuses que moi. Elles ne savent pas ce qu'elles trouvent plus loin, mais elles avancent. Très courageuses. Peut-être elles me donnent une bonne leçon. Je suis décidé. Quand un bateau vient un jour, et nous allumons le feu, et ils nous trouvent, alors je vais. Comme les tortues, je vais. Je vais avec toi. Je rentre au Japon. Peut-être je trouve Kimi. Peut-être je trouve Michiya. Je trouve la vérité. Je vais avec toi, Micasan.

10

Les tueurs débarquent

Quelques jours plus tard, la saison des pluies arriva, nous forçant à nous abriter des jours entiers dans la maison-caverne. Les chemins se transformèrent en torrents, la forêt devint un marécage. Je regrettais les hurlements des gibbons en entendant sans cesse le crépitement de la pluie sur les arbres. Il ne pleuvait pas par à-coups, comme en Angleterre, mais constamment, continuellement. Je m'inquiétais pour notre phare, qui était de plus en plus saturé d'eau à mesure que les jours passaient. Pourrait-il jamais sécher ? Cette pluie s'arrêterait-elle un jour ? Mais Kensuké restait imperturbable.

– Elle s'arrêtera quand elle s'arrêtera, Micasan, me disait-il. Tu ne peux pas arrêter la pluie en voulant simplement qu'elle cesse de tomber. En plus, la pluie, très bonne chose. Elle fait pousser les fruits. Elle fait couler le ruisseau d'eau douce. Elle garde les singes vivants, toi aussi, moi aussi.

Je faisais un saut tous les matins jusqu'en haut de la colline, avec les jumelles, mais je ne sais pas pourquoi je me donnais cette peine. La plupart du temps, il pleuvait si fort que je ne pouvais pratiquement pas voir la mer.

De temps en temps, nous sortions dans la forêt pour cueillir les fruits nécessaires à notre subsistance. Les baies poussaient alors en abondance et Kensuké insista pour qu'on les cueille – il ne semblait pas redouter autant que moi d'être trempé jusqu'aux os. Nous en mangeâmes un peu, mais il les utilisa surtout pour faire du vinaigre. Le reste, il le mit en bocaux avec du sucre et du miel.

– Pour les jours de vaches maigres, oui ? me dit-il en riant. (Il adorait essayer les nouvelles expressions qu'il avait apprises.)

Nous nous nourrissions principalement de poisson fumé – Kensuké semblait toujours en avoir suffisamment en réserve. Ce poisson me donnait très soif, mais je ne m'en lassais jamais.

Ce sont surtout les peintures que nous faisions pendant la saison des pluies qui sont restées inscrites dans ma mémoire. Nous peignions ensemble pendant des heures et des heures – aussi longtemps que l'encre de poulpe continua de couler. Au cours de cette période, Kensuké peignait surtout de mémoire, il représentait sa maison à Nagasaki ainsi que plusieurs portraits de Kimi et de Michiya ensemble, toujours sous le cerisier. Je remarquai qu'il laissait toujours les visages dans le flou. Un jour, il m'expliqua pourquoi. (Son anglais s'améliorait de jour en jour.)

– Je me rappelle qui ils sont, me dit-il. Je me rappelle où ils sont. Je peux les entendre dans ma tête, mais je ne peux plus les voir.

Je passai plusieurs jours à perfectionner ma première ébauche d'un orang-outan. J'avais pris Tomodachi pour modèle. Elle s'accroupissait souvent à l'entrée de la caverne, trempée, avec un air attendrissant. On aurait presque dit qu'elle posait pour moi. J'en profitai donc pleinement.

Kensuké était émerveillé par mes peintures et prodigue en compliments.

– Un jour, Micasan, tu seras un bon peintre, comme Hokusai, peut-être.

Le portrait de Tomodachi fut la première esquisse sur coquillage que Kensuké garda de moi. Il la rangea dans son panier. J'en ressentis une grande fierté. Par la suite, il insista pour garder plusieurs de mes lavis sur coquillage. Il les sortait souvent de son panier et les examinait attentivement, me montrant où je pourrais progresser, mais toujours avec générosité. Sous son œil attentif, grâce à ses encouragements, chaque nouvelle peinture me semblait plus accomplie, plus conforme à ce que je voulais faire.

Puis, un matin, j'entendis de nouveau les gibbons hurler : la pluie s'était arrêtée de tomber. Nous allâmes pêcher au bord de l'eau, et en pleine mer aussi, de façon à reconstituer rapidement nos réserves de poisson fumé et d'encre de poulpe. On recommença à jouer au football. Et pendant ce temps-là notre phare séchait, en haut de la colline.

À présent nous emportions toujours les jumelles avec nous, juste au cas où. Nous faillîmes les perdre un jour, lorsque Kikanbo, le fils de Tomodachi qui disparaissait sans arrêt, le plus insolent, le plus farceur de tous les jeunes orangs-outans, nous les vola et s'enfuit avec elles dans la forêt. Quand on le rattrapa, il refusa obstinément de nous les rendre. À la fin, Kensuké dut le corrompre : une banane rouge contre une paire de jumelles.

Mais le temps passait et peu à peu on se mit à vivre sur cette île comme si on allait y rester pour toujours. Cela commençait à m'inquiéter sérieusement. Kensuké fit des réparations sur sa pirogue. Il prépara de nouveau du vinaigre. Il ramassa des herbes et les fit sécher au soleil. Il semblait de moins en moins intéressé par l'éventuel passage d'un bateau. On aurait dit qu'il n'y pensait plus du tout.

Il sentait mon inquiétude. Un jour qu'il réparait sa pirogue tandis que toujours plein d'espoir, je scrutais la mer à travers les jumelles, il me dit :

– C'est plus facile quand on est vieux, comme moi, Micasan.

– Qu'est-ce qui est plus facile ? lui demandai-je.

– Attendre, me répondit-il. Un jour, un bateau vient, Micasan. Peut-être bientôt, peut-être pas. Mais il vient. On ne peut pas passer la vie à espérer toujours, à attendre. Il faut vivre la vie.

Je savais qu'il avait raison, bien sûr, mais je ne parvenais à oublier les pensées qui m'obsédaient – être sauvé par un bateau, revoir mes parents – qu'en me perdant et en m'absorbant dans ma peinture.

Je me réveillai un matin en entendant Stella aboyer dehors. Je me levai et partis à sa recherche. Au début, je ne la vis nulle part. Puis je la trouvai en haut de la colline, grondant et aboyant, tous les poils hérissés. Je compris vite pourquoi. Une jonque ! Une petite jonque en pleine mer. Je dévalai la colline et trouvai Kensuké qui sortait de la maison-caverne en nouant sa ceinture.

– Il y a un bateau ! lui criai-je. Le feu ! Allons allumer le feu !

– Je regarde d'abord, dit Kensuké.

Et, en dépit de toutes mes protestations, il retourna chercher ses jumelles dans la maison-caverne. Je montai de nouveau en haut de la colline en courant. La jonque s'était rapprochée du rivage. Ils ne pourraient pas ne pas voir la fumée. J'en étais sûr. Kensuké montait vers moi, avec une lenteur exaspérante. Il n'avait pas l'air pressé. Il se mit à examiner attentivement le bateau à travers ses jumelles, en prenant son temps.

– Il faut allumer le feu, lui dis-je. Il faut y aller !

Kensuké me prit soudain par le bras.

– C'est le même bateau, Micasan. Les tueurs viennent ici. Ils tuent les gibbons et volent les bébés. Ils reviennent. Je suis sûr. Je n'oublie pas le bateau. Je n'oublie jamais. Maintenant gens très méchants. Il faut faire vite. Il faut trouver tous les orangs-outans. Il faut les amener dans la caverne. Ils seront à l'abri.

Nous n'eûmes pas trop de mal à les rassembler. Tandis que nous marchions dans la forêt, Kensuké se mit simplement à chanter.

Ils sortirent d'un peu partout, par deux ou par trois, jusqu'à ce qu'on en compte quinze. Il en manquait encore quatre. Nous nous enfonçâmes davantage dans la forêt pour essayer de les trouver. Kensuké n'arrêtait pas de chanter. Trois autres orangs-outans arrivèrent, écartant bruyamment les arbres. Tomodachi était parmi eux. Il n'en manquait plus qu'un : Kikanbo.

Debout dans une clairière au milieu de la forêt, entouré d'orangs-outans, Kensuké chanta et chanta encore pour Kikanbo, mais il ne vint pas. Puis on entendit un moteur démarrer quelque part dans la mer, le moteur d'un hors-bord. Kensuké se mit à chanter plus fort, de façon plus pressante. Nous eûmes beau tendre l'oreille, chercher Kikanbo, l'appeler, il ne donna pas signe de vie.

– Nous ne pouvons plus attendre, dit finalement Kensuké. Je vais devant, Micasan, toi derrière. Tu prends les derniers avec toi. Vite, maintenant !

Il partit aussitôt sur le chemin, toujours en chantant et en tenant l'un des orangs-outans par la main. En le suivant, je me rappelle avoir pensé que c'était comme l'histoire du petit joueur de flûte qui emmenait les enfants dans une caverne, au flanc de la montagne.

J'eus bien du mal à m'occuper de l'arrière-ban. Certains orangs-outans, parmi les plus jeunes, pré-féraient nettement jouer à cache-cache que me suivre. À la fin, je dus en ramasser deux et en porter un dans chaque bras. Ils étaient beaucoup plus lourds qu'on ne l'aurait dit au premier abord. Je regardais conti-nuellement par-dessus mon épaule pour voir si Kikanbo n'arrivait pas, mais en vain.

Le moteur du hors-bord s'arrêta. J'entendis des voix, des voix fortes, des voix d'hommes et des rires. Je courais maintenant, les orangs-outans serraient leurs bras autour de mon cou. La forêt, alertée, hurlait et mugissait tout autour de moi.

Les premiers coups de feu retentirent au moment où j'arrivais à la caverne. Tous les oiseaux, toutes les chauves-souris de la forêt s'envolèrent, assom-brissant soudain le ciel d'un bruyant essaim noir. Après avoir rassemblé les orangs-outans au fond de la caverne, nous restâmes blottis les uns contre les autres dans l'obscurité, à l'écoute des coups de feu qui retentissaient sans arrêt.

Tomodachi était la plus agitée des orangs-outans. Mais tous avaient constamment besoin d'être rassurés et réconfortés par Kensuké. Au milieu de cet affreux cauchemar, Kensuké chantait doucement pour eux.

Les chasseurs se rapprochaient, ils étaient de plus en plus près, et n'arrêtaient pas de tirer. Je fermai les yeux. Je priai. Les orangs-outans gémissaient tous ensemble, comme s'ils chantaient avec Kensuké. Pendant tout ce temps, Stella resta couchée à mes pieds, avec un grondement étouffé. Je la tins par le collier, au cas où. Les jeunes orangs-outans enfouissaient leur tête contre moi, là où ils pouvaient, sous mes bras, sous mes genoux et se cramponnaient à moi.

Les coups de feu claquaient tout près de nous, à présent, déchirant l'air et résonnant tout autour de la caverne. On entendit de lointains cris de triomphe. Je ne savais que trop bien ce qu'ils signifiaient.

Ensuite, les chasseurs s'éloignèrent. Leurs voix devinrent inaudibles, mais quelques coups de feu résonnèrent encore au loin. Puis plus rien. La forêt redevint silencieuse. Nous restâmes au fond de la caverne encore plusieurs heures. Je voulus m'aventurer dehors pour voir si les chasseurs étaient partis, mais Kensuké m'en empêcha. Il continua à chanter et les orangs-outans restèrent blottis contre nous jusqu'à ce qu'on entende le bruit du moteur du hors-bord démarrer. Et, même à ce moment-là, Kensuké m'obligea à attendre encore un peu. Quand on sortit enfin, la jonque était en pleine mer.

Nous eûmes beau chercher Kikanbo dans toute l'île, chanter pour lui, l'appeler, il ne donna aucun signe de vie. Kensuké était désespéré. Il était inconsolable. Il partit de son côté, et je le laissai s'éloigner. Je tombai sur lui un peu plus tard, agenouillé auprès des corps de deux gibbons morts, deux mères. Il ne pleurait plus, mais il avait pleuré. Ses yeux étaient emplis de douleur et d'incompréhension. Nous creusâmes un trou dans la terre meuble, à la lisière de la forêt, pour les enterrer. Je n'avais plus de mots pour parler, Kensuké n'avait plus de chansons à chanter.

Nous marchions tristement le long de la plage vers notre caverne quand, soudain, Kikanbo nous tendit une véritable embuscade ! Il surgit de derrière les arbres en fonçant sur nous et en nous lançant du sable, puis il grimpa le long de la jambe de Kensuké et s'enroula autour de son cou. Ce fut un grand moment, un moment inoubliable.

Cette nuit-là, je chantai *Ten Green Bottles* avec Kensuké, encore et encore, très fort, devant notre soupe de poisson. Je pense que c'était à la fois une sorte de veillée pour les deux gibbons morts, et une ode de joie pour Kikanbo. La forêt, dehors, semblait faire écho à notre chant.

Pendant les semaines qui suivirent, cependant, je vis que Kensuké ressassait sans arrêt les terribles événements qui s'étaient produits ce jour-là. Il entreprit de faire une solide cage de bambou à l'arrière de sa caverne pour abriter les orangs-outans plus sûrement au cas où les tueurs reviendraient. Il faisait sans cesse repasser les mêmes choses dans son esprit, disant qu'il aurait dû faire cette cage avant, que si Kikanbo avait été pris, il ne se le serait jamais pardonné, qu'il aimerait tellement que les gibbons viennent quand il chantait, pour pouvoir les sauver, eux aussi. On coupa des branches et des broussailles dans la forêt qu'on entassa près de l'entrée de la caverne pour pouvoir les mettre devant et en masquer l'entrée en cas de besoin.

Kensuké devint très nerveux, très anxieux. Il m'envoyait souvent en haut de la colline pour que je regarde avec les jumelles si la jonque ne revenait pas. Avec le temps, comme la menace immédiate s'éloignait, il retrouva peu à peu son calme. Cependant, je remarquai qu'il restait toujours sur ses gardes, toujours un peu sur les nerfs.

Kensuké gardait un grand nombre de mes peintures, à présent, aussi les bons coquillages à peindre vinrent-ils à manquer.

Un matin tôt, on se prépara donc à aller en ramasser davantage. Nous parcourions la plage, la tête baissée, à quelques pas l'un de l'autre. Il y avait toujours une sorte de compétition entre nous quand nous ramassions des coquillages – c'était à qui trouverait le premier, le plus grand, le plus beau. Nous n'étions pas là depuis longtemps, et aucun de nous n'avait trouvé un seul coquillage, quand je m'aperçus que Kensuké s'était arrêté de marcher.

– Micasan, me souffla-t-il en m'indiquant la mer avec son bâton.

Il y avait quelque chose au loin, quelque chose de blanc, mais trop défini, trop net, pour être un nuage.

Nous avions oublié les jumelles. Avec Stella qui jappait sans arrêt, je courus le long de la plage, puis montai le chemin jusqu'à la caverne, pris les jumelles et me précipitai en haut de la colline. Une voile ! Deux voiles. Deux voiles blanches. Je dévalai la colline jusqu'à la caverne et sortis du feu un tison enflammé. Le temps que je remonte jusqu'au phare, Kensuké était déjà là. Il me prit les jumelles des mains et regarda à son tour.

– Est-ce que je peux l'allumer ? lui demandai-je. Je peux ?

– D'accord, Micasan, dit-il. D'accord.

J'enfonçai le tison enflammé profondément dans le tas de bois, entre les feuilles sèches et les brindilles. Le feu prit presque instantanément, et bientôt le bois se mit à crépiter sous les flammes qui dansèrent vers nous sous l'effet du vent. Nous reculâmes brusquement sous leur chaleur. J'étais déçu de voir autant de flammes. Je voulais de la fumée,

147

et non pas des flammes. Je voulais voir des nuages de fumée s'élever dans le ciel.

– Ne t'inquiète pas, Micasan, me dit Kensuké. Ils voient le feu, c'est sûr. Ne t'inquiète pas.

Nous nous passions sans arrêt les jumelles. Le bateau ne changeait toujours pas de direction. Personne ne voyait rien. La fumée commençait à tournoyer dans le ciel. Je jetai de plus en plus de bois dans le feu, désespérément, jusqu'à ce qu'il devienne un brasier infernal aux flammes rugissantes et à l'épaisse fumée.

J'avais jeté dans le feu presque tous les bouts de bois que nous avions ramassés, quand Kensuké me dit brusquement :

– Micasan, il vient. Je crois le bateau vient.

Il me tendit les jumelles. Le bateau à voile tournait. Il tournait vraiment, mais je n'arrivais pas à voir si c'était vers nous ou dans l'autre sens.

– Je ne sais pas, lui dis-je. Je n'en suis pas sûr.

Il me reprit les jumelles.

– Je te dis, Micasan, il vient vers nous. Ils nous voient. Je suis sûr. Ils viennent vers notre île.

Quelques instants plus tard, comme le vent gonflait les voiles, je vis qu'il avait raison. Nous tombâmes dans les bras l'un de l'autre, là-haut sur la colline, à côté de notre phare flamboyant. Je sautais en l'air comme un fou, et Stella devint vite aussi dingue que moi. Chaque fois que je regardais à travers les jumelles, je voyais le yacht se rapprocher davantage de l'île.

– C'est un grand yacht, dis-je. Je n'arrive pas à voir son pavillon. La coque est bleu foncé, comme celle de la *Peggy Sue*.

Ce n'est qu'à ce moment-là, quand je l'eus dit à haute voix, que je commençai à espérer que ce soit elle. Progressivement, l'espoir se transforma en conviction, et la conviction en certitude. Je vis une casquette bleue, la casquette de ma mère ! C'étaient eux ! C'étaient eux !

– Kensuké ! m'écriai-je, l'œil collé aux jumelles, Kensuké, c'est la *Peggy Sue*. C'est bien elle. Ils sont revenus me chercher ! Ils sont revenus !

Mais Kensuké ne me répondit pas. Je regardai autour de moi et m'aperçus qu'il n'était plus là.

Je le retrouvai à l'entrée de la maison-caverne, avec mon ballon de foot sur les genoux. Il leva les yeux vers moi et je compris, à son regard, ce qu'il allait me dire.

Il se leva, posa ses mains sur mes épaules et me regarda profondément dans les yeux.

– Tu m'écoutes très bien, maintenant, Micasan, me dit-il. Je suis trop vieux pour ce nouveau monde dont tu m'as parlé. C'est un monde très excitant, mais ce n'est pas mon monde. Mon monde était le Japon, il y a longtemps. Et maintenant, mon monde est ici. J'ai pensé à tout ça pendant long-temps. Si Kimi est vivante, si Michiya est vivant, alors ils pensent je suis mort depuis longtemps. Je serais comme un fantôme si je revenais à la maison. Je ne suis plus la même personne. Ils ne sont plus les mêmes. Et en plus, j'ai famille ici, famille d'orangs-outans. Peut-être les tueurs viennent encore. Qui s'occupera d'eux alors ? Non, je reste dans mon île. Ma place est ici. C'est le royaume de Kensuké. Empereur doit rester dans son royaume, s'occuper de son peuple. Empereur ne s'enfuit pas. Ce n'est pas une chose honorable.

Je vis aussitôt qu'il était inutile de plaider, de dis-cuter ou de protester.

Il appuya son front contre le mien et me laissa pleurer.

– Tu vas, maintenant, poursuivit-il, mais avant de partir, tu promets trois choses. Un, tu peins tous les jours de ta vie, comme ça un jour tu es un grand artiste comme Hokusai. Deux, tu penses à moi parfois, peut-être souvent, quand tu es chez toi, en Angleterre. Quand tu vois la pleine lune, tu penses à moi, et moi je pense à toi. Comme ça jamais un n'oublie l'autre. La dernière chose tu promets est très importante pour moi. Très important tu ne dis rien de tout ça, rien de moi. Tu es venu ici seul. Toi toujours seul ici dans cet endroit, compris ? Je ne suis pas là. Dans dix ans, tu dis tout comme tu veux. Alors il reste seulement des os de moi. Plus d'importance. Je veux que personne vient ici pour moi. Je reste là. Je vis la vie en paix. Pas de gens. Les gens viennent, plus de paix. Tu comprends ? Tu gardes le secret pour moi, Mica ? Tu promets ?

– Je promets, lui dis-je.

Il sourit et me donna mon ballon de football.

– Tu prends le ballon. Tu es très bon au football, mais meilleur peintre. Tu pars, maintenant.

Il mit son bras autour de mon épaule et m'accompagna dehors.

– Tu pars, me dit-il.

Je m'éloignai de quelques pas seulement puis me retournai.

Il était toujours devant l'entrée de la caverne.

– Pars maintenant, s'il te plaît.

Et il s'inclina devant moi. Je m'inclinai à mon tour.

– *Sayonara*, Micasan, me dit-il. Cela a été un honneur de te connaître, grand honneur dans ma vie.

Je ne pus dire un seul mot.

Aveuglé par les larmes, je dévalai le chemin. Au début, Stella ne me suivit pas, mais elle finit par me rejoindre à la lisière de la forêt. Elle courut sur la plage, aboyant vers la *Peggy Sue*, tandis que je restais caché à l'ombre des arbres, pleurant toutes les larmes de mon corps. Je regardais la *Peggy Sue* se rapprocher de la plage. C'étaient bien mon père et ma mère qui étaient à bord. Ils avaient vu Stella et l'appelaient. Elle aboyait de toutes ses forces. Je les vis jeter l'ancre.

– Au revoir, Kensuké, murmurai-je.

Je respirai à fond, puis courus sur le sable en agitant les bras et en criant.

Je me jetai à l'eau pour aller à leur rencontre. Ma mère ne faisait que pleurer et elle me serra si fort contre elle que je crus que j'allais me casser en deux. Elle ne cessait de répéter :

– Je t'avais dit qu'on le retrouverait ! Je te l'avais dit !

Les premiers mots que prononça mon père furent :

– Hello, bille de singe !

Mes parents m'avaient cherché pendant presque un an. Personne ne les avait aidés, car personne ne voulait croire que je pouvais être encore vivant – il n'y a pas une chance sur un million, disaient les gens.

Mon père aussi, il le reconnut plus tard, avait perdu espoir et pensait que j'étais mort. Mais ma mère, jamais. Pour elle, j'étais vivant, je devais être vivant. Elle le savait simplement dans son cœur. Ils avaient donc navigué, passant d'île en île, me cherchant jusqu'à ce qu'ils me trouvent. Ce n'était pas un miracle, mais simplement le fait d'y croire.

Post-scriptum

Quatre ans après la publication de ce livre, j'ai reçu cette lettre :

Cher Michael,

Je vous écris pour vous dire, dans mon mauvais anglais, que je m'appelle Michiya Ogawa. Je suis le fils du Dr Kensuké Ogawa. Jusqu'à ce que je lise votre livre, je croyais que mon père était mort à la guerre. Ma mère est morte il y a trois ans en croyant toujours cela. Comme vous le dites dans votre livre, nous habitions Nagasaki, mais nous avons eu beaucoup de chance. Avant que la bombe tombe, nous étions allés à la campagne voir ma grand-mère pour quelques jours. Nous avons donc survécu.

Je ne me souviens pas de mon père, j'ai seulement quelques photos de lui et votre livre.

Ce serait un plaisir pour moi de pouvoir parler à quelqu'un qui a connu mon père comme vous l'avez connu. Peut-être un jour nous pourrons nous rencontrer. Je l'espère.

Bien cordialement,

Michiya Ogawa

Un mois après avoir reçu cette lettre, je suis allé au Japon où j'ai rencontré Michiya. Il rit exactement comme son père riait.

ジ・エンド

Glossaire

ABUNAI	あぶない	Danger !
AMERIKAJIN	アメリカ人	Un Américain
DAMEDA	だめだ	Interdit
EIKOKUJIN	英国人	Un Anglais
GOMENASAI	ごめんなさい	Désolé
	ジャパン	Japon
KIKANBO	きかんぼう	
KIMI	きみ	
MICHIYA	道哉（みちや）	
	長崎	Nagasaki
OYASUMI NASAI	おやすみなさい	Bonne nuit
SAYONARA	さよなら	Au revoir
TOMODACHI	ともだち	
	ジ・エンド	Fin
YAMERO	やめろ	Arrête !

Table des matières

Michael Morpurgo
L'auteur

Michael Morpurgo est né en 1943 en Angleterre. À vingt ans, il épouse Clare et devient professeur. En 1982, il écrit *Cheval de guerre*, qui lance sa carrière d'écrivain. Il a, depuis, signé plus de cent livres, couronnés de nombreux prix littéraires, et qui font de lui l'un des auteurs les plus célèbres de Grande-Bretagne. Depuis 1978, dans le Devon, lui et Clare ont ouvert trois fermes à des groupes scolaires de quartiers défavorisés pour leur faire découvrir la campagne. Ils y reçoivent chaque année plus de 3 000 enfants, et ont été décorés de l'ordre du British Empire pour leurs actions destinées à l'enfance. En 2006, Michael Morpurgo est devenu officier du même ordre pour services rendus à la littérature. Il défend la littérature pour la jeunesse sans relâche, avec énergie et générosité, et a créé le poste de Children's Laureate, une mission honorifique dédiée à la promotion du livre pour enfants.

François Place
L'illustrateur

Né en 1957, **François Place** a étudié l'expression visuelle à l'école Estienne. Son premier livre comme auteur-illustrateur, *Le Livre des navigateurs*, paraît en 1988 chez Gallimard Jeunesse. Son album *Les Derniers Géants* (Casterman) et sa trilogie l'*Atlas des géographes d'Orbæ* (Casterman/Gallimard) ont reçu de nombreux prix. Il a illustré plusieurs livres de Michael Morpurgo, et a collaboré avec Erik L'Homme pour les *Contes d'un royaume perdu* et Timothée de Fombelle pour *Tobie Lolness* (Gallimard Jeunesse).

Découvre d'autres livres
de **Michael Morpurgo**

dans la collection

folio
junior